モーニングコール

祭りの夜

秋の陽射し

クリスマス・イヴ

vol.IX

CONTENTS

■ 和泉勝利　　大学２年生。いとこのかれん、丈と同居していたが、現在は一人暮らし中。

■ 花村かれん　　光が丘西高校の美術教師。年下の勝利とは想いあう仲。

■ 花村　丈　　姉と勝利の恋を応援する、ちょっと生意気な高校１年生。

■ マスター　　喫茶店『風見鶏』のオーナー。かれんとは実の兄妹。

■ 星野りつ子　　大学の陸上部マネージャー。勝利に想いを寄せるている。

◈前巻までのあらすじ

　高校３年生になろうという春休み。父親の転勤と叔父夫婦のロンドン転勤のために、勝利は、いとこのかれん・丈姉弟と共同生活をすることになった。しぶしぶ花村家へ引っ越した勝利を驚かせたのは、自分の通う高校の美術教師となったかれんの美しい変貌ぶりだった。

　五歳年上の彼女を愛するようになった勝利は、かれんが花村家の養女で、彼女がかつて慕っていた『風見鶏』のマスターの実の妹だという事実を知る。そんな勝利に、かれんは次第に惹かれはじめ、二人は秘密を共有する仲になる。

　しかし、勝利が大学生になっても、二人の仲は進展しない。焦りを覚えた勝利が、叔母夫婦の帰国、父親の再婚・帰京を機に一人暮らしを始めた矢先、かれんは鴨川へ移住して介護福祉士を目指すことを、勝利に打ち明ける。彼女の足を引っ張るまいと平静を装うが、勝利の動揺は大きかった。

　そんななか、同級生の星野りつ子は、勝利への想いをなおも断ち切れず、ついには勝利の部屋を訪れるのだった。

PROFILE

聞きたい言葉

おいしいコーヒーのいれ方Ⅸ

AGAINST ALL ODDS

1

〈ごめんね、急に。いま大丈夫?〉

　めずらしく、かれんが真っ昼間から携帯にかけてきたのは、十月のあたま——二人で鴨《かも》川《がわ》まで出かけた翌週のことだった。僕はちょうど、『政治学II』の授業を終えて学食へと歩きだしたところだった。

「大丈夫だけど、どうした?」

　びっくりして僕は言った。かれんだって今は学校にいるはずだ。いくら昼休みにしろ、こんな時間に彼女がわざわざかけてくるのは初めてだった。携帯に連絡をよこすのがあまり得意でない彼女は、毎晩のようにかわりばんこにかけている〈定期便〉を除《のぞ》けば、めったに自分からかけてこようとはしないのだ。

何かあったのか、と重ねて訊《き》くと、

〈ううん、そういうわけじゃないの。ただ、ちょっと相談したいことがあって。でもごめん、あの、今すぐじゃなくてもいいのよ？　何ならあとでかけ直……〉

「大丈夫だって言ったろ？」思わず苦笑がもれた。「いつも言ってるけど、ダメな時だったら最初から出ないし、もし出てもちゃんとそう言うからさ。あんまり遠慮《えんりょ》するなよ。かえって寂《さび》しいよ」

〈……ん。わかった〉少しためらって、かれんは付け足した。〈ありがと〉

「どういたしまして」

僕は学生でごった返す道をそれ、芝生《しばふ》の中に入っていった。大きな幹《みき》にもたれるようにしてしゃがみこむ。

「今それ、どこからかけてんの？」

〈ん？　美術準備室〉

「まわり、誰もいないの？」

〈もちろんよ。どうして？〉

「いや、訊いてみただけだけどさ」

〈ショーリは？〉

昼間のキャンパスで耳に届いたその呼び名はなんだか妙に新鮮で、鼓膜《こまく》がくすぐったかった。

「俺は、ちょうど授業終わって外に出たとこ」

〈じゃあ、他の人もいっぱいいるのね？〉

「まあいるにはいるけど」あたりに目をやって答えた。「そのわりに、誰も聞いてやしないよ。――で？　相談って何」

〈ん……ほら、こんどの土曜日か日曜日、映画でも行こうかって言ってたでしょ？　あれ、延ばしてもらってもいいかな〉

「……いいけど、どした？」

〈そのかわりに、どっちの日でもいいから、うちに来て欲しいの〉

「え、俺が？」

〈だめ？〉

「いや、それはいいんだけどさ、なんで？」

携帯の向こうで、かれんがふうっとため息をもらすのが聞こえた。

〈さっき、桐島《きりしま》先生と話してたんだけどね〉

桐島先生というのは、光《ひかり》が丘西《おかにし》高の中ではかれんがいちばん仲よくしている保健室の養護教諭の先生だった。メガネの似合うきれいな先生で、僕も部活で怪我《けが》をした時など何度かお世話になったことがある。

〈介護《かいご》福祉士《ふくしし》になりたいってこと、桐島先生に打ち明けたら賛成はしてくれたんだけど、でも……今年度限りで辞《や》める場合、本当なら夏ぐらいまでに学校に言わなくちゃいけなかったんじゃないかって〉

「げ。まじかよ」

〈うん。ほんとに春までで辞める気なら、いくら何でももういいかげんに申し出ないとまずいんじゃないかって……ほら、次の先生の募集をかけるとかいろいろあるらしくて。だけど私、鴨川から戻ってから毎晩のように頑張ってはみてるんだけど、いざ母さんたちの顔見ちゃうとどうしても言いだす勇気が出なくて、〉

「ちょ、ちょっと待った待った」混乱してさえぎった。「いま、申し出るとか言ってたの

はそれ、学校にって意味だよな？」

〈そうよ〉

「で、なんで途中で佐恵子《さえこ》おばさんたちの話になるんだよ」

〈だって、ものごとには順番てものがあるでしょう？〉

　自分こそ順番になんか話してやしないくせに、かれんは言った。

〈やっぱりこういうことって、まずは父さんと母さんに打ち明けるのが先だと思うの。鴨川へ行きたいってことを――教師を辞めて介護福祉士の勉強をしたいんだってことを、二人にきちんと打ち明けてから辞表を出すのが順序じゃないかって。さっさと学校に辞表まで提出してから事後承諾《じごしょうだく》っていうのは、いくら何でもちょっと強引すぎるっていうか……。そう思わない？〉

「まあわかるけどさ、それは。だけど、じゃあもしもおじさんとか佐恵子おばさんが鴨川行きに猛反対したら、お前、どうすんの？　あきらめんの？」

〈それは……〉

　かれんは黙ってしまった。

　あたりのざわめきが大きいぶん、携帯を押しあてた右耳の奥はシンと静まりかえって感じられた。まるでそっちの耳だけが聞こえなくなってしまったかのようだ。

〈とにかく、きちんと話をしなくちゃとは思ってるの〉おずおずとした口調で、かれんは言葉を継いだ。〈なのに、いざとなるとなかなか言いだせなくて、明日こそ、明日こそって感じでずるずる延びるばっかりで……〉

「それで、俺に来て欲しいってわけか」

〈ごめんなさい。でも、べつにショーリに私の代わりにしゃべって欲しいってことじゃないのよ〉

「わかってるよ。いざとなったら味方すればいいだけだろ?」

〈ううん、味方もしないでほしいの〉

「え?」

〈ショーリがいきなり私の味方しちゃったら、母さんたち、なんだか親だけがずっと蚊帳《かや》の外だったみたいで傷ついちゃうんじゃないかと思うし……だから、ショーリはただ、聞いてて欲しいの。黙ってそばにいてくれるだけで、私もちゃんと話せる気がするっていうか、ある意味、引っこみがつかなくなって頑張れるっていうか〉

そう言って、かれんはまた小さなため息をもらした。

〈――こんなの、ただの甘えよね。わかってはいるんだけど〉

「いいよ、そんなこと気にしなくて」と僕は言った。「こっちとしてはどんどん甘えてくれたほうが嬉《うれ》しいけどな」

〈……うん。でも、ごめん〉

「いいんだって。そりゃあ、前にお前が言ってたみたいに、ちゃんと独《ひと》り立ちするのだって大事なことではあるだろうけどさ、だからって人間、何もかも一人で出来るわけはないんだから。っていうか、出来るなんて思いあがるほうが問題あるっしょ」

〈それはそうだけど〉

「俺がそばで聞いてるくらいでお前が頑張れるって言うなら、いくらだって付き合うよ」

かれんはようやく、ぷしゅっと鼻を鳴らして笑った。

〈ほんとはね、夜になるまで電話するの待とうって思ったんだけど、こうして一人になったら我慢できなくなっちゃって。でも、ありがと。おかげでちょっとホッとした〉

「ホッとしたのはいいけど、だからって午後の授業、居眠りしたりすんなよな」

〈んー、自信ないけど何とかやってみる〉

「おい」

〈だぁいじょうぶよぉ。このごろはもう生徒たちのほうも慣れちゃって、私がいくら寝ようが話題にもならなくなったし〉

「ああ、なら教頭にバレることもないな……って、そういう問題じゃないだろ！」

〈やあねえ、冗談だってばー〉

くすくす笑う声は、やっといつものかれんだった。ひとしきり耳を傾《かたむ》けた後で、

「じゃあ、また夜にな」

と僕は言った。

〈ん〉

「あ、そうだ」

〈なあに？〉

「電話――嬉しかった。マジで」

〈………〉

またどうせ耳たぶを真っ赤にしているに違いない彼女を思い浮かべながら、じゃあな、と笑って電話を切る。

ゆっくり立ちあがり、膝《ひざ》を伸ばした。

見あげると、木々の梢《こずえ》から柔らかな光が降ってきた。

まだわずかに暑さの名残《なごり》はあるものの、空はもうすっかり秋の色だった。

＊

『風見鶏《かざみどり》』のバイトを辞めたことを、そうなるに至《いた》った詳しいいきさつも含めて僕が正直にかれんに打ち明けたのは、先週、鴨川から帰る特急電車の中だった。

それは昼間、園長先生との面接に行っている彼女を待ちながら海を眺《なが》めていた時に、ふっと頭に浮かんだことだった。本当に腹を決めたのはそのあと、春から借りる予定の家を見にいった帰りのバスに揺《ゆ》られている時だ。

『風見鶏』の特製ブレンドをいれさせてもらうことは、ただ単に仕事上の信頼だけを意味するわけじゃない。あの店の味を任せてもらうとはすなわち、マスターから、実の妹の恋人として値打ちを認めてもらえたことを意味するのだ。少なくとも、今までのところはそうだったのだ。

なのに僕は、かれんへの想いにうつつを抜かすあまり自分の手もとさえ見えなくなって、せっかく勝ち得たはずの信頼を失ってしまった。それだけに、店を辞めたこともその理由も、かれんにだけは永遠に隠《かく》しておきたいほど恥ずかしかったけれど、どう考えてもそれが無理である以上、誰かの口から彼女の耳に入る前に自分から話しておくべきじゃないのか——。さんざん迷った末にたどりついた答えがそれだった。どんなに恥ずかしくても、情けなくても、そうやって一つずつ過去の失敗にケリをつけていかないと、前へ進むことなんてできやしない。かれんに対して隠し事ばかりが増えていくようじゃ、このさき離れて暮らす自信だって持てないままじゃないか、と……。

特急とはいえ東京《とうきょう》までは二時間もかかるし、観光シーズンをはずれていたから乗客も少なくて、進行方向を向いた座席に並んで座《すわ》った僕らは、ほとんどまわりを気にすることなく言葉をかわすことができた。二人きりで部屋にいる時みたいに煩悩《ぼんのう》と戦わずに済むぶんだけ、かえって落ち着いて話せたくらいだった。

ひとしきり僕の話を聞いた後、かれんはしばらく何も言わなかった。彼女のことだから、あからさまに失望や軽蔑《けいべつ》を顔に出したりはしないとわかっていたけれど、それでも黙ったままでいられるのは不安でたまらず、とうとう声をかけようとした時、

〈ごめんね〉

と、かれんはつぶやいた。

〈なんで謝るんだよ〉僕は驚いて言った。〈お前には何の責任もないだろ〉

〈だって、私がもっと早く介護福祉士のこととかいろいろ打ち明けてれば、ショーリだってそんなふうに私のこと気にして悩んだりは……〉

〈いや、それはさ、きっかけではあったかもしれないけど、原因じゃないよ〉

窓の外を飛びすぎていく夕暮れの風景を見るともなく見ながら、僕は言った。

〈だいいち、失敗したのは一回だけじゃないわけだし……途中でマスターが二回も忠告してくれたのに、結局は三度まで同じような失敗をくり返しちまったわけでさ。それ自体、どう考えたって俺の責任だろ。この件に関してはほんとに、ほかの誰の責任でもないし、誰も関係ない。お前も含めて〉

かれんは僕のほうを見て、ちょっと寂しそうに微笑《ほほえ》んだ。

〈強いね、ショーリは〉

〈ばぁか、強いのはお前だっての。お前がどんどん先に行っちまうから、何とか追いつかなきゃって必死に頑張ってるだけだってば〉

外がとっぷりと暮れ、東京も近くなってからふと、鴨川行きのことはマスターにはもう話したのかと訊いてみると、かれんは首を横にふった。そうして、その時もやっぱり、マスターに話すのは花村《はなむら》の両親に打ち明けたあとにするつもりだと言った。

　行きつけの喫茶店のマスターよりも家族を先にと考えるのは、それこそ順序として当たり前のことなんだろうか。あるいは、実の兄よりも育ての親のほうを先にと考えるのは、かれんの中にある遠慮の現れなんだろうか。でも、さすがにそこまでは訊けなかった。彼女がいったい、花村のおじさんたちにどのあたりまでのことを打ち明けるつもりでいるのかもやっぱり訊けなかった。当のかれん自身がまだ思い悩んで決めかねているのがわかっていたからだ。

　しかし、この時点でもまだ――というか、実際にその週の土曜日、花村のおじさんと佐恵子おばさんの前でかれんがとうとう本題を切りだした時でさえもまだ――僕はわりと楽観的に構えていたのだった。

　かれんももう大人なんだし、本当にやりたいことがあって、しかもそれが福祉に携《たずさ》わる仕事で、そのために職場を変えたいと言うなら、親だってべつに反対する理由なんてないんじゃないのか。そりゃいきなり聞かされればびっくりはするだろうけれど、何もアフリカの無医村へ行くとか言いだすわけじゃないんだし、房総《ぼうそう》の鴨川なんて、ちょっと頑張れば東京から日帰りできる距離なのだ。ちゃんと筋道立てて説明すれば、案外すんなり賛成

してもらえるんじゃないか。そう思っていた。

けれど。


「まったくもう、何を考えてるんだか」

佐恵子おばさんは苛立《いらだ》たしげに言った。

「近所に知り合いもいないようなそんな田舎《いなか》で、年頃の娘が一人暮らしだなんて冗談じゃありませんよ」

「でも、思うほど山奥じゃないのよ？　大家さんだってわりと近くに住んでるし、すぐお隣は大家族みたいだし」

「駄目《だめ》と言ったら駄目です。いいからいっぺん頭を冷やしなさい。一人でぐるぐる考えて思い詰めてたぶん、今は気持ちがやたらと盛りあがってるだけなんじゃない？」

リビングのソファに向かい合った三人のやりとりを、僕はテレビの前に座って聞いていた。そこからだと、見ようと思えば三人それぞれの顔がよく見えるのだが、かといってあんまりまじまじ観察できるような雰囲気でもなくて、結局ひろげた新聞に何となく目を落としているしかなかった。

〈ちょっと話があるから座ってくれる？〉

痛々しいほど緊張した面持《おもも》ちでかれんがそう切りだしたのは、みんなで昼飯（ゆっくり起きてきた花村のおじさんにとっては遅い朝飯）を食った後しばらくしてからのことだ。丈《じょう》のやつは朝からどこかへ出かけたそうで、昼前に僕が来た時にはもういなかった。

切りだすまでにかれんは何度も僕のほうをちらちら見ては、こっちはべつに何も言っていないのに、そのつど、

（わかってはいるんだけど）

と言うように、うろうろと目をそらした。昼飯に出たピラフも、さすがに喉《のど》なんか通らなかったのか、ほとんど残してしまっていた。

そしていま、それぞれの目の前には僕がいれたコーヒーが置かれている。

〈学校を辞めて、介護福祉士になる勉強をしたいの〉――そこまでは、まだ何とか許容範囲内だったらしい。おじさんもおばさんもずいぶん驚きはしたけれど、とにかくどういう事情なのか、話を聞こうとはしてくれていた。佐恵子おばさんが一気に反対モードに入ってしまったのはそのあと、かれんが鴨川へ行くことについて切りだした時だ。

「せっかく地元の高校に就職できたっていうのに」あきれたようにため息をついて、佐恵子おばさんは言った。「何もそんな遠くへ行って、わざわざつらいばっかりの仕事しなくたって……」

「そんな。そういう言い方ってないんじゃない?」

ふだんのかれんからすればけっこう強い口調だったが、そうかといってここは立場上、ムキになるわけにもいかないと思ったのだろう。いったん口をつぐみ、なんとか少し抑《おさ》えた口調に戻る。

「介護の仕事がつらいばっかりだなんて、どうして母さんにわかるの? 美術の教師なら楽で、何にも悩む必要ないとでも思ってるの?」

「誰もそこまでは言ってないわよ。だけど、こういうことはもっとゆっくり時間をかけて考えるべきなんじゃない? これからの一生にかかわるようなそんな大事なことを、軽々しく決めるものじゃないでしょう?」

「軽々しくなんて決めてないってば」と、かれんは焦《じ》れた。「母さんたちがイギリスから戻るより前から、ほんとにずっと、ずーっと考えてたのよ。このことに関してだけはあえて誰にも相談しないで、一人でとことん悩んで考えて、ようやく自分で納得のいく答えを出したの。勢いなんかじゃないし、ましてや勝手に盛りあがってるわけでもないってことくらいわかってくれてもいいでしょう?」

佐恵子おばさんは黙っている。

「それに、ゆっくり時間をかけてって言うけど、もうあんまりのんびりしてるわけにもいかないのよ。辞めるんだったら、学校にはいいかげんに届けを出さないと、」

「だからそれが本末転倒でしょって言ってるの。ほんとうに心の底からあなたがその、なに? 介護……?」

「介護福祉士」

「の仕事をしたいって思ってるなら、そんなふうに追い立てられるみたいにして急いで決める必要はないはずよ。たとえば今年は見送って、来年の今ごろまでじっくり考えても遅くないでしょ。それでも気持ちが変わらないようだったら、そこで初めて、あなたが本気なんだってことを認めてあげましょ」

かれんが、ジーンズの膝をきゅっと握りしめるのがわかった。

「……どうしてそう子ども扱いするの?」

口調はさっきまでのような強いものではなかったけれど、かわりに、声がくぐもってい

た。

「きまってるでしょう、子どもだからよ」と佐恵子おばさんが言う。「考えてもごらんなさい。あなた、一人じゃ料理ひとつ満足にできないじゃないの」

「春までにはちゃんとできるようにするもの」

ショーリに教わって——と彼女は言わなかったが、とりあえず僕らの間ではそういう約束になっている。

「そんなねえ、付け焼き刃のことを言ってるんじゃないの」佐恵子おばさんはため息をついた。「自分一人の面倒さえ見られない子が、おおぜいのお年寄りの世話なんてできるわけないでしょ」

「できるったら。ボランティアサークルに入ってた学生の頃から、それだけはちゃんとやってきたもの」

「たかだか学生のサークル活動と本当の仕事とでは、責任の重さが違いますよ」

「違わない」

「何言ってるの、ぜんぜん違うにきまっ……」

「ううん、違わない」かれんは顔をあげてきっぱり言いきった。「母さん、それ間違ってる。人と接して命を預かるってことにおいては、責任は一緒なのよ。サークル活動だからって甘く考えていいはずないじゃない」

「それは……それは確かに立派な心がけだけれど、」

「そりゃね、学生の私たちにできるお手伝いは限られてたけど、たとえお年寄りの話し相手になるにしたって、一緒に絵を描《か》いて遊ぶにしたって、ううん、食器ひとつ洗うだけでも、学生気分でやったことなんてなかった。そのあとも何度もお手伝いに行ってるけど、いつだって、そこのところだけはきちんと間違わないようにしてきたわ」

「だからそれはわかったけど、そういうことを言ってるんじゃないのよ」佐恵子おばさんは言いつのった。「だいたいあなた、何だってそんなに鴨川のホームにばかりこだわるの？」

今度はかれんがぐっと詰まる。

「どうしても介護の仕事がしたいって思うなら、どこのホームだっていいはずじゃないの。家から通える範囲で、どこか空《あ》きのあるところを探すのじゃどうしていけないの？」

「それは……」

「わざわざそんな遠いところまで行かなくたって、東京にだって老人ホームくらいたくさ

んあるでしょう」

「でもそう簡単に空きがあるとは、」

「探してみたの？」

僕は思わず新聞から顔をあげた。

（探したって言っとけ……！）

懸命に念を送ったのだが、かれんにはもちろん届かなくて、彼女はただうつむいて黙っているだけだった。そもそも、こういう時に必要な嘘《うそ》をさらりと言ってのけられるほど器用なやつではないのだ。

「ほーらごらんなさい」

と、佐恵子おばさんは言った。勝ち誇ったようなというより、どちらかというとホッとしたような言い方だった。

「そういう基本的なことさえろくに考えないで、それで『本気で悩んだ』なんて言う資格はないいんじゃないあい？」

「そ、そうじゃなくて……」

「間違えないでね、かれん。あなたが介護の仕事に就《つ》くことそのものに、頭ごなしに反対してるわけじゃないのよ。ただ、それならそれで、踏むべき手順というものがあるはずでしょう？　そういうことを言ってるの」

「わかってるわ、それくらい。だからこそこうして、まずは父さんと母さんに話してるんじゃない。そうでなかったら、今ごろさっさと学校に辞表を提出してたもの」

「かれんっ」

「あのね、母さん。どうして私が鴨川のホームにこだわるのかって言うとね……」

ぎょっとなったのだが、かれんは僕のほうをちらっと見ただけで続けた。

「あそこには、親しくなった人たちがいっぱいいるの。学生の頃から通ってたから、中には途中で亡くなってしまった方もいるけど、ずうっと長いお付き合いの人たちもたくさんいるのよ。これまでだって、私が訪ねていくのを楽しみにしてくれてたし――『今の教師の仕事を辞めてここへ来ようかどうしようか悩んでるんですけど』って相談したら、みんな『おいでおいで、楽しみに待ってるから』ってとってても喜んでくれて……」

「そんな無責任な言葉を真《ま》に受けてどうするの」

「無責任？」

傷ついたように目をみはって、かれんは言った。

「どうしてそれが、無責任なの？　ねえ母さん、ホームにいるお年寄りの人たちのほとんどは、世の中に対する責任なんかもう全部果たし終えて休んでるのよ？　そういう人たちが、自分よりずっと若い、ずっと体の動く私に何かを期待してくれたとして、どうして無責任だなんて言われなきゃいけないの？」

「べつに、そういうつもりは」

「責任を考えなくちゃいけないのは私のほうよ。この先、もしもあそこで働くようになったとして、私が私自身とあの人たちの生活に責任を持たなくちゃいけないっていうならわかるけど、その逆はないはずだわ。そうでしょ？」

「それはまあ、そうかもしれないけど」

「だからこそ、『待ってるよ』って言ってもらえて嬉しかったの。そういうふうな、人生の終わり近くにいる人たちが言ってくれる言葉だからこそ、ほかのどんな人に言われるよりも真摯《しんし》に、素直に受けとめられたの。お年寄りの中にはね、会うたびに私のことなんて忘れちゃってるおじいちゃんもいる。そうかと思えば、私が行くのを指折り数えて楽しみに待っててくれるおばあちゃんもいるの。そうして、そのどちらが笑いかけてくれても、私はおんなじように嬉しいのよ。誰かから望まれるっていうのがどんなに幸せで、どんな

にやりがいのあることだか――母さんだって、知らないわけじゃないでしょう?」

たたみかけるように、かれんはひと息に言った。いつもの彼女からは信じられないくらい、真剣で、決意に満ちた話し方だった。

ふと頭に浮かんだのは、去年のちょうど今ごろ、光が丘西高で行われた文化祭のことだった。あのとき、美術部員みんなで作りあげた作品に因縁をつけてきた教頭に向かって、顧問《こもん》であるかれんは、ふだん僕に見せるのとは全然べつの顔で食ってかかったのだ。どうやら彼女がこんなふうにムキになるのは、自分のことだけじゃなく、自分が大切に思っているものを守ろうとする時らしい。

「あのホームはね」と、彼女は少し声を落として言った。「私にとっては、ほんとうに特別なところなの。あそこ以外のところで働くなんて、考えられないの。介護福祉士の仕事をするなら、どうしてもあそこがいいの。お願い、わかって」

何か言いかけた佐恵子おばさんが、おされたように黙ってしまった時だ。

それまでほとんどしゃべらなかった花村のおじさんが身じろぎして、長いため息をついた。

「かれん」

びくっとなった彼女が目をあげる。

「……はい」

「とりあえず、お前の言いたいことはわかった」

かれんは黙っておじさんを見つめている。

「お前なりにじっくり悩んだ末の結論だというのも、よくわかったよ。正直、びっくりした。おれはお前のことを、そんなに深く物事を考えることができるほど大人だとは思ってなかったからな」

「……もう。二人して子ども扱いして」

不服そうにつぶやく娘を見て、おじさんは苦笑《にがわら》いした。

「いったい、何がお前を変えたのかな」

「――え？」

「二年ばかり見ない間に、ずいぶんとまあ成長したもんだ。いや、見くびっていて悪かった。安心したよ」

おとうさん、と佐恵子おばさんが袖《そで》を引いてたしなめるのと同時に、かれんの横顔がぱっと輝く。

「それじゃ、鴨川のこと、」

「まあ待ちなさい。それとこれとは話が別だ」

かれんがしおしおとうなだれて押し黙る。

「親しくなった人たちが待っていてくれるから、そこで働きたいというお前の気持ちはわかる。人情としては自然なことだろうとも思うよ。でもな、かれん。おれにはどうしても、そこに甘さがあるような気がしてならないんだ」

「甘さ……？」

「ああ。お前がこれからめざそうというその仕事は、そりゃあつらいことばかりというわけじゃないだろうが、やりがいがあるぶんだけ責任も重い大変な仕事だろう。それも、なんだ……国家試験を受ける資格を得るためには、二年間？」

「三年間」

「そう、そんなにも長く、現場で勤めなければならないとお前は言う。教職を辞めてまでその仕事を選ぶつもりなら、生半可《なまはんか》な覚悟では追いつかないだろう。なのに——すでに知り合いがたくさんいるからという理由だけで鴨川にこだわるのは、いささか甘いんじゃないかと父さんは思うんだが、どうだろう」

かれんは黙っている。

「お前は、どう思う？」と、おじさんはうながした。「最初から楽ができる道を選んでいるとは思わないか」

「楽って……」

「たとえばこれが普通の会社なら、そういう甘えは許されないよな。『親しい人間が多いから』なんて理由で、あの部署に行きたい、この支社に残りたいというわがままが通るはずもない。仕事に対してどんな理想を抱いていようとも、自分の望むところに配属されるとは限らない。誰もが、与えられた場所で頑張るしかないわけだ。で——これまで三十年ほどもそういうところで働いてきたおれなんかから見ると、だ。お前のものの考え方は、心情としてはよくわかるけれども、どうしても甘ちゃん的というか、社会人として未熟な人間のわがままのように思えてしまう」

「……でも」

「うん？」

「父さんの言おうとしてることはわかるけど——私の場合は、いま現在、会社とか組織の中にいるわけじゃないでしょう？　あ、もちろん、学校のことを言うならそうよ。だから、

もし私が教師を続けていくつもりだとして、別の学校に異動が決まったりしたんなら、それはそれで割りきって納得したと思うし、おとなしく従ったと思う。だって、最初からそういうことを承知で勤めてるわけだものね。だけど、いま私がしようとしてるのは、そういうこととは別だと思うの。学校は辞めて、本当にまっさらなところから新しく自分が属するところを選ぼうとしてるんだもの。何を基準に、どういう理由でどこを選ぶにしろ、それは父さんの言う未熟なわがままとは根本的に別のものっていうか、最初からステージが違うんじゃないかって気がするんだけど。……私の言ってること、間違ってるかな」

花村のおじさんは、しばらくの間むずかしい顔で黙っていた。

それから、おもむろに煙草《たばこ》に手を伸ばし、箱をゆするように一本出してくわえた。火を点《つ》け、ふうっと煙を吐《は》く。その様子を、ソファの隣に座った佐恵子おばさんが気遣《きづか》わしげに見ている。

「——なるほどな」と、おじさんはやがて言った。「確かにそれは、お前のほうが正しいかもしれない」

張りつめていたかれんの肩先から、ふっと力が抜ける。

「しかしな。組織云々《うんぬん》は横へ置くにしてもだ。いずれにしろ、心構えとしては甘いんじゃないかというおれの印象は、どうも変わらんな」

　何か言いかけたかれんをさえぎるように、

「そうね、母さんもそう思うわ」

　横から佐恵子おばさんが言った。

「これから何年も続けていく責任ある仕事を選ぶっていうのに、あなた、なんだか自分の側の都合とか気分に引きずられすぎてやしない？　あそこのホームがいい、あそこしかイヤだなんて、好き勝手に習い事を選ぶのとはわけが違うのよ」

　かれんの眉根《まゆね》に、悲しげなしわが寄った。

「習い事だなんて、そんな……」

「ひどいと思うかしれないけど、大事なことだからあえて言ってるの。三年もかかって、それでようやく試験だなんて……それも、受かるかどうかわからないわけでしょう？　三年働いたらやっと受験資格がもらえるっていうだけなんでしょう？　そんなことしてたらあなた、本当に一人前になるのに何年かかるの？　それも、東京だったらまだしも、若い人も少ない田舎町で、へたしたらお嫁にだって行き遅れちゃうじゃないの」

「やだもう、今どき何言って……」

「だいたい、それでなくても甘ちゃんのあなたが、急に親元を離れて一人暮らしなんてやっていけると思うの？」

「だからそれは大丈……」

「自分の生活を全部自分で面倒みた上で、ほんとうにそんな大変な仕事をやり通せると思う？　何もかも中途半端になるのが関の山なんじゃないの？　ほんとうにあなた、これから何年もずっと働いていくだけの覚悟があるの？　そういうこと、ちゃんと考えてみたの？　口で言うのと実際に続けるのとじゃ全然、」

「考えたってば！」

と、ふいにかれんが叫んだ。

「それくらいのこと、もうさんざん考えたんだって、さっきから何べんも言ってるじゃない！　……ねえ、どうしてそうやって子ども扱いばっかりするの？　私、もう二十五よ？　母さんこそ、そのことちゃんとわかってくれてる？　母さんたちが心配することくらい、私だってほんとに何度も何度も考えたのに、どうしてそうやって根本的なところを信じようとしてくれないの？　甘ちゃんだってことくらい、自分がいちばんよくわかってる。この先のことを考えて不安になることも、全然ないって言ったら嘘になるわよ。それでも、介護福祉士をめざしたいって気持ちは変わらないの。こんなに心の底から何かをしたいと思ったことなんて、生まれて初めてなの。どうしてもあのホームで働きたい、今あそこにいる人たちのために、あの園長先生の方針のもとで働いてみたい、そう思うのがそんなにいけないことなの？　ねえ！」

「かれん」

――と、考えるより先に声に出てしまっていた。

はっとなったように僕を見て、彼女が口をつぐむ。残りの二人までが、こっちを見ている。

しまった、と思いはしたが、仕方なく腹を決めて、僕は言った。

「ちょっと落ち着けって。おじさんもおばさんも、いけないことだなんて一言《ひとこと》も言ってないだろ」

一瞬、かれんの目の中に僕をとがめるような色が走った。いったいどっちの味方なのかと思ったのかもしれない。

でも、そのあとすぐに、前もって僕に頼んだことを――味方をしないでくれと頼んだのは他ならぬ自分自身だったということを思いだしたのか、彼女はしょげたように目を落と

して、ぽつりとつぶやいた。

「……ごめん……なさい」

僕に言ったとも、花村の両親に向けて言ったとも受けとれる言葉だった。

しばらくの間、みんな黙っていた。

ゆっくりと漂《ただよ》い流れる煙草のけむりの中で、やがて、花村のおじさんが口をひらいた。

「勝利《かつとし》」

僕は驚いて顔をあげた。

「なに」

「お前は、聞かされてたんだろう?」

曲がりなりにもこうして同席する以上、それは半《なか》ば予想していた質問だった。もしもそう訊かれた場合には何と答えればいいのか、かれんにもすでに確かめてあった。

「――うん。聞いてたよ」

と僕は言った。まったく聞かされていなかったことにするなら、おじさんたちと一緒に、初めて知ったようなふりで驚いてみせなくてはならない。そういうふうに嘘を重ねるのはいやだから正直に話してかまわない、とかれんが言ったのだ。

おじさんは、またしばらく煙草をふかしたあとで言った。

「どう思った？」

「え？」

「最初に聞かされた時、お前はどう思った？」

「聞かされた時っていうか、聞かされるより前に、はたで見ててだいたいのことはわかってたから」

「何が」

「いや、だから――こいつが、らしくもなく悩んでるってことがさ」

かれんはこっちを見て何か言いたそうにしたが、とりあえずここは我慢することにしたらしい。黙って唇を尖《とが》らせている。

「いつもだったらもっと早い時点で、気軽に相談してくれてたと思うんだ。なのに、この件に関してはこいつ、ほんとに長いこと一人で考えこんでた。あとになって、どうして誰にも相談しなかったんだって訊いたら、自分で出した答えに責任を持ちたかったからだ、って――どういう結果になろうと、自分で決めたことなんだっていうのを忘れないようにしたかったからだ、って、そういうふうに言うんだよな。それ聞いた時、俺、思った。あ

あ、こいつ本気なんだなって」

　花村のおじさんも佐恵子おばさんも、黙って耳を傾けている。

「俺だって、二人が心配してることは、すごくよくわかるよ。俺も正直、最初は同じようなこと思ってた。でも、少なくとも今度のことについてだけは、これまでのこいつを基準に考えたり判断したりしちゃいけないのかな、とも思うんだ。もうちょっとくらい、信じてやっても大丈夫なのかもなって。……いや、べつに積極的にかれんの味方をするつもりはないんだけどさ、でも——おじさんたちがいない二年間、ずっと近くで見てきた俺としては、正直そう思う。だってこいつ、最初の頃に比べたら別人みたいにしっかりしてきたもん。まあ、それでようやく普通のレベルって感じもするけど」

　かれんが眉を寄せ、口の形だけで（ひっどぉい……）とつぶやく。気分的に軽口をたたく余裕はないはずだから、どうやら本気で憤慨《ふんがい》したものらしい。

「——なるほどな」

　おじさんが苦笑して、灰皿に灰を落とした。

「親はなくとも子は育つ、か」

「まあ、そういうことかも」

お互いクスッと笑い、場の空気がようやく少しばかり和《なご》みかけた時だ。

「許しませんよ」

佐恵子おばさんが、ぴしりと言った。これまで見せたこともないような、こわばった顔だった。

「何と言おうと、私はぜったいに許しません」

「……母さん」

「かれん、あなたの考えはよくわかったわ。あなた自身を信用してないわけじゃない。そこまで言うなら、したいようにさせてやりたいとも思うわよ。でもね。人里《ひとざと》離れた一軒家に一人きりで住んだとして、もしも……もしもよ、夜中に泥棒にでも入られたら、どうするつもりなの?」

「そんな……そんなことまでいちいち考えてたら何にも、」

「考えないでどうするのよ!」と、佐恵子おばさんは叱《しか》りつけた。「泥棒に限ったことじゃない、誰か男の人が押し入ってきたらあなた、どうする気? 町なかだったらまだしも人の目もあるかもしれない、でもそんな片田舎で若い娘が一人暮らしをしてるなんて噂《うわさ》が流れたら、どこでどう心得《こころえ》違いをする人がいないとも限らないでしょう? 世の中、善人

ばかりだと思ったら大きな間違いなのよ？　そういうところへ黙って娘をやれる親がいったいどこにいますか」

座が、しんとなってしまった。

正直、僕だってそういう危険性を考えなかったわけじゃない。ただ、かれんがあんまりひたむきに鴨川行きを望んでいたから言えなくて、次から次へ頭に浮かぶ心配事にできるだけ目を向けないようにしていただけの話だ。でも、佐恵子おばさんがその懸念をはっきり言葉にしたせいで、僕の頭は今、想像したくもない光景をやたらとリアルに思い浮かべてしまっていた。すなわち、

〈昨夜遅く、○○町に住む若い女性の家に男が押し入り……〉

などとニュースで聞いた時に、誰もがつい勘《かん》ぐってしまうような事態をだ。

「……考えすぎよ」

と、かれんが力ない声でつぶやいた。

「戸締《とじ》まりとかにはちゃんと気をつけるし、だいたい、さっきも言ったけど、すぐお隣には家だってあるんだから」

「それくらいじゃ親としては全然安心できないわね。何が何でもあなたが鴨川のホームで

働きたいって言うんだったら、それに関してはしょうがない、譲ることも考えましょ。ただし、せめて女子寮に入りなさい」

「だから、それがなかなか空かないから、」

「じゃあ空くまで待ちなさい」

「……」

「なんだってそんなに急ぎたいの？」と、佐恵子おばさんは眉を寄せて言った。「どうしてそう、答えを早く出したがるのよ。何か、どうしても急がなきゃいけないわけでもあるっていうの？」

「それは……」

「私はねえ、かれん、そこのところが不思議でならないし、どうにも納得できないの。おとうさんはどうだか知りませんけどね、私が譲れるのはここまでよ。鴨川のホームで働くなら、女子寮に空きが出るまで待つこと。本当に強い気持ちがあるんだったら、それくらい待てるはずでしょ。それができないって言うなら、鴨川はあきらめて、どこか家から通える範囲のところを探しなさい。もしかしたら他にも、あなたがやる気になれるところが見つかるかもしれないじゃないの。探してもみないうちから無いと決めつけるなんて、」

「違うんだってば！」さえぎったかれんの声がせっぱつまっていた。「そういうことじゃなくて……」

（やばい）

と直感的に思った。

「ほんとは私、」

「かれん！」

はっとなって口をつぐんだ彼女が、すがるような目で僕を見る。

僕も、無言でかれんを見つめ返した。

（お前、自分が何を言おうとしているのかわかってるのか？）

僕の言いたいことを察したらしく、かれんがうつむき、きゅっと唇をかむ。思いつめたような目の色だった。

花村のおじさんも佐恵子おばさんも、かれんが自分自身の出生の秘密を知っているとは思ってもいない。たぶん、よほどのことがない限り、娘にはこの先もずっと黙っているつもりなんだろう。そんな二人に向かって、かれんが今、鴨川のおばあちゃんと自分にまつわるすべてのことを話すというのなら——冷静に覚悟を決めたうえで話すのなら——僕が止める必要などないのかもしれない。けれど、売り言葉に買い言葉みたいな単なる勢いで口を滑《すべ》らせてしまったら、あとで後悔するのはかれんだ。一度口から出た言葉は、二度と引っこめることは出来ないのだから。

奇妙な沈黙が流れた。

押し黙っている僕たちを、花村のおじさんと佐恵子おばさんがけげんそうに見比べているのがわかる。

やがて、おじさんが言った。

「お前たち……何を隠してる？」

僕らのどちらも、目をあげられなかった。

「かれん。『そういうことじゃない』なら何なんだ？　『ほんとは私』、どうだって言うんだ？」

かれんは身をこわばらせてうつむいている。

「何が何でも鴨川で働きたいとお前が言う、その裏には、どうやらまだ他に理由があるわけだな」

「……………」

「本当の理由を隠したまま、親にだけ言うことを聞いてもらおうと言うのか？」

「そんな……」

「いくら何でも、それは虫が良すぎないか」

「そんなつもりは……」

「なら、ちゃんと話してちょうだい」と、佐恵子おばさんも言った。「どうりでね、何だかおかしいと思ったのよ。いくら園長先生の方針に感じ入ったからって、あなたみたいなのんびり屋さんがこんなにムキになるなんて」

「違う、それは本当なんだってば」と、かれんはようやく目をあげ、必死の面持ちで言った。「嘘なんか言ってない。ほんとに素敵なホームだからこそ私……」

「はいはい、それはもうわかったから。それよりも、隠してることのほうを話してちょうだいって言ってるの。それが出来ないっていうなら、あなたの話はとうてい認められないわね」

「………」

「なんで黙ってるの？　親には言えないようなことなの？」

「そうじゃなくて……」

佐恵子おばさんが、はっとした顔になって身を乗り出した。「あなたまさか、向こうに誰か好きな人でも出来たんじゃ」

「違うったら！　もう、変なことばっかり勘ぐらないでよ」

「そう思うなら、正直に話してくれればいいでしょう！　勘ぐりたくなるのは、あなたがそうやって黙りこくって、いちばん大事なことを隠そうとするからでしょうが！」

かれんの手が、膝の上でぎゅっと握りしめられるのがわかった。

「……いちばん大事なことだって、どうしてわかるの？」

佐恵子おばさんがため息をつく。

「母親を甘く見ないでほしいわね」

「……え？」

「あなたって子は、小さい時からちっとも変わっちゃいないんだから。ふだんは人の倍くらいおっとりしてて、自分の持ってるものぜんぶ他人に譲ってもかまわないみたいにふわふわしてるくせに……ちょっとした拍子にスイッチが入ると、大人が何人かかって言い聞かせようがテコでも動かなくなるの。そういう時のあなたはいつだって、心の中ですでに自分の選ぶ道を決めてしまってた。それこそ、小学生の頃からね」

「……そうだった？」

「そうだったのよ」佐恵子おばさんは渋い顔で言った。「私たち親のほうがたいてい根負けして、『めったにワガママなんて言わない子の言うことなんだから、しょうがない、聞いてやろうか』なんて……。でも実際、あなたは自分でこうと決めたことは一生懸命やる子だった。うまくいかなくても途中で簡単に放りだしたりしなかったわ。それに、あなたがそうやって何か言い張る時には、必ずそれなりの理由とか事情があった。私たちがその理由を知ることになるのは、たいてい、ずいぶん後になってからだったけれどね」

　かれんは、複雑な表情のまま黙っていた。

「だからね、かれん。おとうさんも私も、決してあなたを信頼していないわけじゃないのよ。むしろ、根っこのところではしっかり信じているの。本当よ。あなたがそうやって私たちに何か隠してるのだって、自分の都合というよりは、言わずにいたほうが私たちのためだと思ってのことなんでしょう。違う？」

「………」

「だとしたら——それはきっと、あなた自身にとっても大事なことなんだろうと思ったの。あなたにとってどうでもいいことだったら、勝利まで一緒になって、そんなに必死に隠そ

うとするとは思えないものね」

「……母さん」

「でもね。だからこそ、ちゃんと聞かせてほしいの。今度のことに関しては、あなた自身を信頼してるというだけでは片づかない問題もたくさん含まれていると思うのよ。あなたが考えている以上に、親というのは娘のことを心配してしまうものなの。たとえ当の娘に過保護だと笑われようともね」

「そんな」かれんは、必死にかぶりを振った。「笑ったりなんて、するわけないじゃない。私……父さんと母さんにはほんとに感謝してて……ここまで育ててもらったこと、ほんとに、ほんとに感謝してて……」

言葉の後半はひどくふるえていて、僕がそれに気づいた時には、かれんの涙はすでにあふれた後だった。慌《あわ》てたように、かれんが頰《ほお》に手をやる。

「やだ、ごめん……なんで泣けてくるんだろ。ごめんなさい、気にしないで」

ごまかそうと照れ笑いを浮かべながら明るく言おうとするのに、あとはもう、言葉にならない。

洟《はな》をすすりあげ、服の袖口《そでぐち》で両目をごしごし拭《ぬぐ》う娘の姿に何かを感じたのだろうか——

花村のおじさんと佐恵子おばさんが顔を見合わせた。どちらの顔もさっきまでとは比べものにならないくらいの緊張に引き締まっていたが、それでいて、いやそれだからこそ、自分たちの側からは何も言い出せずにいるのがありありと伝わってくる。

長い、永い沈黙の間に、時おりかれんが洟をすする音が差しはさまれる。

花村のおじさんがかすれる声を押しだしたのは、その音がずいぶん間遠《まどお》になってからだった。

「かれん。お前……」

ぴくりと肩をふるわせた彼女は、テーブルのあたりに視線を落としたまま何か言いかけ、けれど言葉が見つからなかったのか、また唇をかんだ。

そうして、再び、ゆっくりと口をひらいた。

「鴨川の……そのホームに、私が行くのを指折り数えて待っててくれるおばあちゃんがいるって、さっき言ったでしょ？」

かれんが目の端に僕を映してくれていることはわかっていたけれど、僕はもう、あえて止めなかった。

きっと、彼女が前に言っていた通りなのだろう。秘密にだって、優しいのとそうでない

のとがある。これ以上は、あえて隠しておくことのほうが花村のおじさんとおばさんを傷つけてしまうのかもしれない。

自分たちが実の親ではないことを娘に告げずにきたのは、花村のおじさんたちの優しさで、一方、自分がじつはそれに気づいていることを親に告げないでいたのは、娘としてのかれんの優しさで。

どちらもが、お互いを大切に思う気持ちから秘密を守ってきたのなら、たとえそれが明るみに出たところで、事態が悪い方向に進むことはないんじゃないか。いや、そうであってほしい……。祈るように息を詰めて、僕は、かれんの次の言葉を待った。

「そのおばあちゃんね」

白いのどが、何かを飲み下《くだ》すようにこくりと引きつれる。

「新しいことはほとんど覚えてられないけど、昔の記憶はすごくはっきりしてて……私のこと、『セツコ』って呼ぶの」

おじさんたちが、ぎょっと息をのむのがわかった。

「ただ呼ぶだけじゃないのよ。私を、ほんとに自分の娘の『セツコ』だと思いこんでるの。どうやら私、そっくりみたいね」

かれんはそこで初めて、思いきったように目をあげて、両親をまっすぐに見た。顔をこわばらせている二人に向かって、自分のほうも負けず劣《おと》らずこわばった顔でぎこちなく微笑みかける。

「でも、おばあちゃんにとっては、そうしてぼけちゃったほうが幸せだったのかもしれない。つらいことは、みんな忘れてしまえたんだもの」

「そんな……」ようやく声を取り戻した佐恵子おばさんが、おろおろと言いかけた。「そんなことあなた、いったいいつから……」

その腕を、隣に座ったおじさんが黙って押さえる。

「大学を卒業する、ほんの少し前だった」と、かれんは言った。「もうサークルはとっくに引退してたけど、みんな仲良しだったから別れがたくて、最後にもう一度集まろうってことになったの。それも飲み会とかじゃなくて、これまでずっとしてきたように、みんな一緒にホームのお手伝いをしようって……その時に受け入れてもらった先が、鴨川のホームだったのね。最初の日に、お年寄りの人たち全員の前で一人ずつ紹介してもらった時、おばあちゃんが……初めて会うはずのそのおばあちゃんが、私にすがりつくみたいにして泣き出しちゃって――『セツコ、ああセツコ、会いたかったよォ』って」

おじさんもおばさんも、彫像のように動かなかった。

二年以上も前の初夏、海辺の松林を歩きながら初めてそれを聞かされた時のことを、僕は思いださずにいられなかった。でも、いまこの二人が味わっているショックの大きさは、僕なんかのそれとは比べものにならないんだろう。

「私ね」かすれた声で、かれんは言った。「その名前を、うっすら覚えてた。ううん、おばあちゃんに呼ばれて思いだしたの。小さい頃……ほんとにうんと小さい頃、誰か声の大きな男の人が毎日のようにその名前を呼んでいたのをね。そうしたらいきなり、めまいがするくらいの勢いで次々に記憶がよみがえってきたの。初めは、すごく怖かった。怖かったし、気味が悪かった。だって、ずっと忘れてたことなんだもの、自分の記憶じゃないみたいで、私の中に別の誰かが住んでるみたいに思えて——でも、少しずつ落ち着いてみたら、どの思い出の中にも、イヤなものなんて一つも混じってなかった。その、声の大きい男の人は、声だけじゃなくて体も大きくて、私を抱きあげる腕も太くって、ちょっと荒っぽいけど、笑う時はもう顔をくっしゃくしゃにして遠慮なく笑う人で……その人に『セツコ』って呼ばれる女の人は、いつも甘い香りがして、家の中でもひらひら踊るみたいに楽しそうに歩いて、やっぱり笑ってばっかりで、そうして……不思議なくらい、今の私に似てた」

花村のおじさんと佐恵子おばさんは、やはり黙っていた。

おじさんの指の間で煙草の灰は長くなり、おばさんの唇は小《こ》刻《きざ》みにふるえていた。

「小さかったから、そのほかのことはほとんど覚えてないけど、とんがり屋根のてっぺんの風見鶏のことだけはなぜだかよく覚えてる。きっと、毎日見あげていたからなんでしょうね」

そう言うと、かれんは泣き笑いのような顔で、向かいに座る二人を見つめた。

「――ねえ」

二人が目をあげるのを待ってから、かれんは言った。

「私って、ほんとに幸せな娘よね。世の中には、どちらの親からも愛されずに育つ子どもだっているのに、私なんか、二人の父さんと二人の母さんから、こんなにも……こんなにも大事に育ててもらえて」

「……かれん」

声にならない声で、佐恵子おばさんがつぶやく。

すっと背中を伸ばしたかれんが、ふいに、膝の上できっちり両手をそろえて深く頭をさ

げた。

そして、まるで一文字ずつかみしめるように言った。

「――ありがとう」

2

ブラインドを下ろした店内に、サックスの奏《かな》でるイントロが小さく流れだす。

ジョージ・マイケルの『Careless Whisper』。――といっても丸ごと彼のアルバムというわけではなくて、ついさっきまではジャーニーが流れていたし、その前のはたぶんクリストファー・クロスだと思う。

どうやら八十年代の洋楽ばかりを集めたCDらしい。彼らがリアルタイムでヒットをとばしていた頃を、もちろん僕自身は知らないのに、どうしてこの時代の曲の多くは一つひとつのメロディがこんなに耳に残るんだろう。

哀愁を帯びたサックスの音色が、こうばしいコーヒーの香りと混ざりあってなおさら切なさを増す。

土曜の夜九時過ぎ。『風見《かざみ》鶏《どり》』のドアにはもう〈CLOSED〉の札がかかっている。店内にいるのは、特別に入れてもらった僕ら三人――かれんと丈と僕――のほかにはマスターだけだ。

バイトを辞《や》めて以来、僕がここに来るのは初めてだった。さすがにまだちょっと気まずかったけれど、マスターからの愛のムチを、間違ってもただの罰だなんて思ってやしないことを示すためにも、僕はできるだけ普通にふるまおうと努力したし、たぶんそれなりにうまくやれていたと思う。

もちろんマスターのほうは、いつもと全然変わらなかった。こちらにしてみると、ホッとする反面、あまりにも自然体の変わらなさがかえってちょっと憎たらしく思えるくらいだった。

「ちぇっ、それにしてもひでえよなあ」と、丈がぼやいた。「おかげでせっかくのイイトコ見逃しちゃったじゃんかよ。そんな大事なことを、なんでオレがいない時狙《ねら》って話すかなあ」

「やだ、何も狙ったわけじゃないわよ」かれんは慌《あわ》てたように言った。「たまたまあなたが出かけちゃっただけじゃないの。そうじゃなかったら、ちゃんとみんなの前で話すつも

りだったんだから。だいいち……」

私のほうこそ、あなたが全部知ってただなんて思ってもみなかったんだからね、と彼女は言った。

「おまけにショーリまでそのこと知ってて黙ってたなんて」

「いや、それはその、いわゆる男同士の約束っていうかさ」

「わかってるけど……」

今日の昼間の出来事を、丈のやつに話して聞かせたのは僕だ。あのあと、なんとなくぎこちない空気の中で晩飯までごちそうになり（お願いだからいきなり親子三人だけにしないで、とかれんに懇願《こんがん》されたのだ）、八時ごろようやく花村の家を出て駅へ向かう途中で、ちょうど戻ってきた丈とばったり出くわした僕は、そのままやつをすぐそばのひよこ公園へ引きずりこみ、おおよそのいきさつを話して聞かせた。その途中で店の裏口から出てきたマスターに見つかり、今に至る——というわけだ。

かれんのことは、携帯でここに呼び出した。そうして、急いでやってきた彼女に向かって丈が、

〈じつはオレ、中学の頃から知ってたんだ。姉貴とは血のつながりがないってこと……〉

そう打ち明けたのがついさっき——ほんの十分くらい前のことになる。

話したほうも、聞かされたほうも、そのあとしばらくの間は脱力したようにぼんやりと黙りこくっていた。

決して気詰《きづ》まりというわけじゃなく、むしろ温かな沈黙ではあったのだけれど、そばにいる僕もまた何か話せるような雰囲気じゃなくて、ただ黙ってマスターのいれてくれたコーヒーをすすっているしかなかった。穏《おだ》やかに流れる音楽がいつもより深く胸にしみたのは、もしかするとそのせいもあったかもしれない。

「それで?」と、マスターが言った。「親父《おやじ》さんたちは結局、納得してくれたのか。お前の新しい仕事のこと」

飲みかけのカップから目をあげたかれんは、ふんわりと、でもほんの少し困ったような顔で微笑《ほほえ》んで首をふった。

「……もうしばらく考えさせてくれって」

じつをいうと、佐恵子おばさんはあの後もまだ粘《ねば》ったのだった。かれんから真実を知らされた衝撃からようやく少し立ち直ってくると、今度はなんと、そのおばあちゃんを花村家で引き取ってはどうかしらと言いだしたのだ。花村のおじさんまでが、さすがにそれにはびっくりしたようだった。

〈だってかれん、あなたが鴨川へ通い始めたのは、もとはと言えばおばあちゃんのためだったわけでしょう?〉

　と、おばさんは必死になって言うのだった。

〈介護福祉士の資格を取りたいって思ったのだって、そのためなんでしょう?　私たち親を傷つけずにおばあちゃんに付いていてあげるには、そういう形を取るしかなかったから。だけど、今はこうして本当のことを話してくれたんだから、もうわざわざ鴨川まで行かなくたっていいじゃないの。うちだったら空《あ》いてる部屋もあるんだし、そのほら、ホームの費用を払ってるっていう親戚《しんせき》の方さえ了承して下さればいいことで……。ねえ、おとうさん〉

　でも、花村のおじさんが返事をするより早く、

〈それじゃだめなの〉

　かれんはきっぱりと首を横にふった。

〈どうして〉

〈ごめんなさい、母さん。たしかに、最初のきっかけはおばあちゃんだったわ。ほんとの

おばあちゃんに会いたいっていう、ただそれだけであそこへ通ってた。でも、今はもう違うの。私、園長先生にもはっきりお話ししたのよ。ここに勤めたいのはおばあちゃんがいるからじゃありません、って。ここの環境と、ここで暮らしてるお年寄りの人たちと、それに働いてる人たちみんなが大好きになったからです、って。その言葉に嘘《うそ》はなかったし、この先も嘘にしてしまいたくないの。……ごめんね、母さん。ほんとに、ごめんなさい。母さんがそこまで言ってくれる気持ちはものすごく嬉《うれ》しいし、去年やおととしくらいまでは私にとっても、おばあちゃんを引き取って一緒に暮らすのがいちばんの望みだったけど――でも、もう違ってしまったの。おばあちゃんを手もとに引き取って、それだけで介護福祉士っていう仕事への思いを全部なかったことにしてしまったら、私、いつかきっと後悔する〉

それに対して、なおも何か言おうとした佐恵子おばさんをさえぎったのが花村のおじさんだった。

〈わかった。もうしばらく考えさせてくれ〉

と。

「……そうか」グラスを一つずつ麻のクロスで磨《みが》きあげながら、マスターは低い声で言った。「しかしまあ、鴨川とは思いきったもんだな」

「黙ってて、ごめんなさい」

「いや、それはいいが……まあ、おふくろさんの心配も無理はないだろうな。お前が自分の生《お》い立ちをずっと知ってて黙ってたなんて、親御《おやご》さんたちにしてみりゃ、えらいショックだったろうし。正直、鴨川行きのことをまともに考える余裕なんかまだないんじゃないか」

「そうね。たぶん、そうだと思う」

と、かれんもつぶやいた。

それぞれの沈黙が流れる。

『Careless Whisper』はとっくの昔に終わり、ピーター・セテラともう一曲、誰のかわからない歌がかかって、今はフィル・コリンズが歌っていた。あのキューピーちゃんみたいなおっさんのものとはとても思えない、透明で張りのあるいい声だ。

去っていく恋人の背中を見送る男がくり返す。どうして行ってしまうんだ、俺を見てくれ、頼むからふり向いてくれ、この抜《ぬ》け殻《がら》のような俺を、と。

笑顔も痛みも分けあってきたのに
そうさ涙さえ分かちあった
俺をまるごとわかってくれたのは君だけ

君が俺のもとへ戻ってくれるなんてのは
すべての流れに逆らうこと
俺にできるのはただ君を待つことだけ
それは俺が正面きって受けとめなきゃならないことなんだ

『Against All Odds（Take A Look At Me Now）』——たしか昔、映画の主題歌になってヒットした曲だ。

まるで、今の僕のためにあるみたいな歌だ、と自嘲《じちょう》をこめて思ってみる。
とはいえ、恋人に向かってここまで本音をさらけだすなんてこと、僕にはとてもできそうになかった。相手を好きであればあるほど、情けないところは見せたくない、いいところだけ見ていて欲しいと思ってしまう。

〈俺をまるごとわかってくれたのは君だけ〉

そんなふうに言うと聞こえはいいけれど、まるごとわかってもらうためにはまず、まるごと見せなくちゃならない。弱さや、みっともなさや、あるいは心の底にひそむ醜《みにく》さまでもさらけださなくちゃならない。でも僕は、そういう自分を見せることで、かれんに幻滅《げんめつ》されたり失望されたりするのが怖くてたまらなかった。もうすぐ遠く離れてしまうと思えばなおさらだ。

いつかの夏、鴨川から帰れなくなって、二人でペンションに泊まった夜のことを思いだす。あのとき僕はたしか、彼女に言ったのだった。もうお前の前で無理はしない、ウソの自分を見せようなんてしないよ、と。

あれからそんなにたったわけでもないのに、なんだかあの頃の自分がまぶしくさえ思える。今から思えば、当時はまだ余裕があったのだ。あの頃だって自己嫌悪に陥《おちい》ることはいくらもあったけれど、それでも、かれんの前でそんな肩から力の抜けたセリフを口にできるくらいには余力があったということだ。

でも、あの夜と同じセリフを、今の僕は口にすることが出来ない。むしろ、どんなに無

理をしてでも彼女の前でイイカッコをせずにはいられないのだ。このごろの僕は、自分で自分に幻滅するくらい、てんで情けないから。

——と、かれんが深いため息をついて、僕ははっと我に返った。

「それでも……んぶんだものね」

うつむきがちの唇からぽつりともれたつぶやきに、マスターが手を止める。

「うん？　何だって？」

「まだ、ようやく半分だものね、って言ったの」

「半分って何が」

「だから……母さんたちに打ち明けたのは、ってこと。あとの半分については、まだ何にも……」

「えっウソ！」と横合いから丈が首をつっこんだ。「姉貴、まだ何か隠《かく》してんの？　なになに、オレの知らないこと？　ねえ」

彼女の気分を明るくさせようとしてわざと茶化しているのはわかるのだが、かれんがますます困った顔になるのを見て、僕は仕方なく言ってやった。

「うるせえよ、お前」

「ええー、いいじゃんいいじゃん、教えてよ。ずりィよ、勝利は知ってんでしょ？　ねえねえ」

「いいからちょっと黙ってろっての」

「ちぇっ、ケチぃ」

かれんが、問いかけるようにマスターを見あげる。

マスターは丈のほうを見やってしばらく考えこむようにしていたが、やがて、わずかに肩をすくめた。

「まあ、いいんじゃないか？」

「……ほんとに、そう思う？」

「お前にしたって、最初からそのつもりで言いだしたんだろう？」

「でも、マスターに確かめずに私の一存で決めていいことじゃないもの。だから母さんたちにだってまだこのことは話してないし……」

「ちょっとちょっとォ、ゼンゼン話が見えないんスけどォ」

焦《じ》れる丈を黙殺して、

「こいつはともかくとして」とマスターは言った。「おふくろさんたちに話すってのは、

さあ、どうだかな。お前がどうしても打ち明けたいって言うなら俺のほうはべつにかまわないが、話す前にとことんよく考えろよ。そうやって秘密をなくしてしまうことで、ただ自分が楽になりたいだけじゃないのかどうか。何でもかんでも、洗いざらい打ち明けりゃそれでいいってものでもないんだからな」

「なあってば」と、丈が口を尖《とが》らせる。「頼むから日本語で話してくれよ」

マスターは苦笑《にがわら》いをもらした。

「ま、とりあえずこいつには、いいんじゃないか。こう見えて口が堅いことは証明済みだし」

「何それ、オレのこと？　もしかして褒《ほ》めちゃってくれてるわけ？」

「不本意ながらな」

「いちいち引っかかる言い方だなぁ。だいたい、こう見えてってどういう意味よ？　どっからどう見たってオレ、貝のように口堅そうじゃんかよ」

カウンターに頬杖《ほおづえ》をついたかれんが、ため息混じりに〈弟〉を見やる。

「……買いかぶり過ぎなんじゃない？　マスターの」

ヒゲの奥の苦笑が濃くなった。

「俺もそんな気がしてきたぞ」

そうは言っても、結局のところマスターは、自分の札入れから一枚の写真を抜きだし、黙ってカウンターに置いたのだった。

ずっと以前、僕も一度だけ見せてもらったことがある。昔のプリントだから色が褪《あ》せていて、かなりよれよれになってはいるけれど、そこに写し留《とど》められた四人の笑顔はいまだに当時のままだ。

背景はどこかの公園のようだった。左端に大柄《おおがら》な父親。寄り添うように立つ華奢《きゃしゃ》な妻をさらに近くへと抱き寄せ、もう一方の手で、自分の前に立つ息子の肩をがっしりつかんでいる。野球の試合の帰りなのだろう、胸のところが泥んこになったユニフォームを着た息子は、腕組みをしたまま、くすぐったそうな顔で笑っている。なぜなら彼の髪の一束を、母親の腕に抱かれた小さな女の子がふざけてぎゅっと引っぱっているからだ。

いきなりそんな写真を見せられて、さすがの丈も戸惑《とまど》ったらしい。

「何これ、もしかしてマスターの家族？」

「ああ」

「なんで急に？」

「――さあな」

丈はけげんな顔で、それでも一応写真を覗《のぞ》きこんだ。

「へーえ。マスターこのころ、クラスの女の子とかにけっこうモテたっしょ」

「そうでもないさ」

「や、絶対そうだね。……あ、この親父さん、これでヒゲはやしたら今のマスターにそっくりじゃん」

「俺はそこまで太ってないだろうが」

「じゃあ今にこうなるんじゃねえの。……こっちが、前に言ってた妹？　はは、ちっこいなあ。いくつ離れてんの？」

「十歳」

「へえ、いいなあ。オレも姉貴なんかより、妹が欲しかったよなあ」

聞こえよがしの憎まれ口に反応する余裕さえなしに、かれんはただ丈を見つめている。

「それにしても、おふくろさんて美っ人！」と、やつは言った。「けど……あれ？　なんかこの人、雰囲気が姉貴にそっく……り……」

言いかけた言葉の終わりは、ふっと宙に消えた。

目の色がみるみる変わっていく。その目が、ぱっと射るように僕を見た。僕が黙って見つめ返すと、やがて、やつの唇がかすかに動いた。

「……マジかよ」

それでも僕が何も答えずにいると、やつは再び写真に目を落とし、食い入るように見つめた。身じろぎもせずにいる丈を、僕らもまた息を殺して見つめる。

と、突然、ふうーっと大きなため息をついて、丈のやつは椅子《いす》に深く沈みこんだ。そうして、もう一度くり返した。

「マジかよ……」

「ああ。マジだよ」

と、マスターは言った。丈の目の前から写真を取りあげ、再び札入れにしまう。その一見無造作な手つきに、隠しきれない愛《いと》しさがにじみ出ていた。

そしてマスターはふと、同じように無造作を装って言った。

「――ショックだったか」

丈の向こうで、かれんが祈るような目で弟の横顔を見守っている。

「いや。ショックじゃねえよ、べつに」言いながら、丈は苦笑いに似た顔になった。「そ

りゃまあ、びっくりはしたけど……めちゃくちゃびっくりはしたけどさ。どっちかって言ったら、うん。嬉しい、かな」

「嬉しい?」

と、マスター。

「……うん。だってさ、マスターが姉貴の兄さんだってことは、つまりオレの兄貴でもあるってことじゃん?」

「えっ」と、つい横から言ってしまった。「そうなのか?」

「だって、そうじゃん普通」

「いや、この場合それはちょっと違うだろ」

「いいんだよべつに、細かいことは」と、丈はまた口を尖らせた。「事情がわかってみれば『あーそういうわけだったんか』みたいなこといっぱいあるし、それに、……あ」

丈の顔から、急に表情がなくなった。

「どうした」

「……え。あ、ううん」

「何だよ」

「いや――」ちょっと言いにくそうに、丈はぼそぼそ言った。「その、今ふっと思ったんだけどさ。マスターが、ずっと前にオレのこと、家まで誘いに来てくれたことがあったじゃん。ほら、足が速いし絶対素質あるから、ぜひ野球チームに入ってくれって」

マスターがうなずき、黙って先をうながす。

「――けど、あの頃からもう、姉貴のこと自分の妹だってわかってたわけだよな？」

「ああ」

と、マスターはあっさり認めた。

「……あっそ」と丈は言った。「やっぱそっか」

「そうって、何がだ」

「いや、だからまあ、さ」

「俺は、嘘はついてないぞ」と、マスターはやや仏頂面《ぶっちょうづら》で言った。「実際お前、素質あったろ？　ずっと四番打ってたじゃないか、自分の実力で」

「そりゃ、そうかもしんないけど」

「言っておくがな。いくら妹のことがあったとはいえ、素質もない奴《やつ》に『ある』と嘘をついてチームに誘うほど、恥知らずじゃないからな、俺は」

言われて、丈が上目づかいにマスターを見る。

マスターが、文句あるか？　とでも言うように片方の眉をあげてみせる。

「あーあ」丈のやつは、仕方なさそうに鼻にしわを寄せて笑った。「うまいんだよなあ、昔から。人を褒めてその気にさせるのがさ」

「ばかたれ、誰が嘘やお世辞で褒められて嬉しいもんか。本当のことだからこそやる気になるんだろうが」

「まあ、それもそうだろうけどさあ。ちぇ、また丸めこまれちゃったよ。はは、さすがは名監督」

「いいからお前ら、そろそろ帰れって」

最初は自分のほうから誘ったくせに、どうやら少々形勢不利だと悟《さと》ったらしい。

「ったく、こっちは明日も朝早くから試合なんだからな」

マスターは、ハエでも払うみたいにシッシッと手をふって僕らを追いたてた。

3

大家のヒロエさんが、ロータイプのソファセットを僕にくれたのは、その翌週のことだった。

「うちで使ってたものなんだけど、いる？　いるなら持ってって。粗大ゴミ押しつけちゃうみたいで悪いけど」

　電話をもらったのでとりあえず見にいってみたら、粗大ゴミどころか、僕の持っている家具のどれより上等だった。

　黒い合皮張りの、床にぺたりと置くタイプのソファで、二人がけと一人がけが一つずつ。おまけに小さなガラステーブルまでくっついてきた。

　ヒロエさんとは（というか森下《もりした》家とは）、いつのまにやら単なるアパートの大家と住人というには妙に親密な感じの付き合いになっている。

　この部屋を借りるうえでの条件が条件だから向こうも気を遣《つか》ってくれているのだろうけれど、再三の誘いを断り切れずにとうとう夕食の席によばれたのをきっかけに、このごろではあの耳の遠いおじいちゃんから将棋に誘われたりするようにもなった。

　ソファをもらった帰りにも一戦交《まじ》えてきたのだが、

「悪いわね、付き合わせちゃって」ヒロエさんは苦笑して言った。「お義父《とう》さん、ほんと

は寂《さび》しいのよ。例の下の息子はどうやらまだしばらく日本に帰ってきそうにないし。まあ、あなたにはそのぶん長く住んでもらえるからいいんだけどね」

親しさも親切も行き過ぎれば鬱陶《うっとう》しいものだが、ヒロエさんはそのあたりの加減がわかっている人で、だからこそ今回の好意に関してはほんとにありがたかった。しっとりと柔らかな黒いソファに、今日、かれんが葡萄色《ぶどういろ》のカーディガンを着て横座《よこずわ》りになるのを見たとたん、あらためてつくづくそう思ってしまった。ただの箱だったアパートが、これでようやく部屋らしくなった感じがする。

そういえば、かれんがこの部屋に来るのも久しぶりのことだ。今日は、彼女に料理を教えてやる約束になっている。

教えること自体は前から予定していたけれど、こんなに早速《さっそく》取りかからなくてはならなくなったのにはわけがあって、それはほかでもない、佐恵子おばさんが、鴨川行きを認めるにあたって一つの条件を出したせいだった。

鴨川行き――。

そう、花村のおじさんたちがようやくかれんの願いを認めてくれたのは、ついゆうべのことだったそうだ。認めるといっても佐恵子おばさんのほうはまだしぶしぶという感じだったらしいが、おじさんは、この期《ご》に及んであれやこれや心配事ばかり並べたてる佐恵子おばさんを諫《いさ》めて言った。

〈もう、よしなさい。俺らもいいかげんに子離れしなくちゃいけない。娘が自分の言葉に責任を持とうとしてるのに、親がそれを妨げてどうする〉

そうして、黙ってしまったおばさんを慰《なぐさ》めるようにこうも言ったそうだ。

〈人の痛みがわかる子になるように。いつかは誰かの役に立てるように。――そう望んで育てたのは俺らだったろう？　かれんが今選ぼうとしてるのは、まさにそういう道なんだ。俺らは、親として誇りに思っていいんじゃないか？〉

さっき僕の部屋に来て、そのあたりのいきさつを話してくれながら、かれんはまた少し涙ぐんだ。

ずっと気を張っていたのだろうから無理もないとは思うけれど、浮かべた笑《え》みがぎこちない理由は何となくそれだけじゃない気がして、

「どうした？」と、僕は訊《き》いてみた。「せっかくオーケーもらったのに、嬉《うれ》しくないのか？」

「ううん、嬉しかった。ほんとに嬉しかったんだけど……」

「けど？」

「母さんの寂しそうな顔見たら、何だか……ね。もとはといえばあのひとたちを傷つけたくなくて——これ以上秘密ばっかり作るのは裏切りみたいな気がしたから、それで全部話すことを選んだはずなのに、結果としてはやっぱり傷つけちゃったなあって思って」

くしゅ、と悲しげに微笑《ほほえ》んで、かれんは僕のいれてやったカフェオレに目を伏せた。

「もしかして……後悔してるのか？　全部話したこと」

彼女は微妙な角度に首をかしげ、そして言った。

「……ん。少しね」

僕は、かれんにわからないようにため息をついた。

わりと理詰めで割り切れるたちのおじさんはともかくとして、佐恵子おばさんのほうはいろいろ複雑だったろうし辛くもあったのだろうけれど、それでも打ち明けられた彼らよりも打ち明けた側のかれんのほうが、罪悪感という厄介《やっかい》なものを背負いこんでいるぶんだけ分《ぶ》が悪い。

さすがのおばさんにもそれはわかっていたのだと思う。

もしかすると、鴨川行きと引き替えに今回提示されたという〈条件〉がなかなかにハードなのも、おばさんなりに、娘の気持ちを軽くしてやろうとしてあえて選んだものなのかもしれないな、と僕は思った。

〈毎週土曜と日曜の夜は、あなたが一人で家族の夕食を作ること〉

　つまりそれが、佐恵子おばさんの出した〈条件〉だった。せめてそれくらいのことが手際よく出来るようにならない限り、遠く離れた土地での、しかも仕事を持ちながらの一人暮らしなんてとうてい無理だわよ、というのがおばさんの言い分らしい。

　まあ親心には違いないし、一理あるとも思うけれど、いきなり言われて焦《あせ》ったのはかれんだ。なぜなら、今の段階で彼女にできるのは、炊飯器で飯を炊《た》くことと、味噌汁《みそしる》を作ること、あとはせいぜい魚を焼く程度。卵だって目玉焼きは何とかなるが、だし巻き卵なんかは夢のまた夢だ。かといって、家族に毎週末、焼き魚と目玉焼きだけを食べさせるわけにはいかない。料理なんて春までの間にぼちぼち覚えればいいと思っていたんだろうに、もはやそういうわけにもいかず、そんなこんなで今日から突然の特訓開始となったのだった。これからは土曜日ごとに僕のところで教わる何品かの料理を、そのあと二日にわたって復習をかねて家族のために作る、というわけだ。

　キッチンの流し台には、さっき駅前のスーパーで一緒に買ってきた食材の袋がまだその

ままのっている。ちょっとひと休みしてから始めようと、まずはコーヒーをいれたところでこんな話になったのだ。

後にそんな〈料理教室〉が控《ひか》えているせいで、せっかく久しぶりの逢瀬《おうせ》だというのに、今ひとつ落ち着かない。本当だったら二人でただゆっくり話をしたり、並んでビデオでも観ながらいちゃいちゃしていたいところなのに……。僕は胸の内で、佐恵子おばさんに向かって舌打ちをした。

と、半分くらい飲んだマグカップを、かれんがガラステーブルにことりと置いた。

「人の気持ちって、ほんとに難しいね……」

あれこれよけいなことを考えていた僕が後ろめたくなってしまうくらい、しょんぼりした声だった。

「あのとき母さんたちに言ったとおり、鴨川のホームで働きたいのは、今となってはもうおばあちゃんがいるからだけじゃない……それは本当よ。でも、母さんたちの立場からすれば、そんなに簡単には割り切れないのかもしれない。ここまで育ててやったのは自分たちなのに、やっぱり本当の肉親のそばがいいのか、って」

「いや、それは……そんなふうには思ってないんじゃないかな」

「私だって、そう信じたい。でも、ほら、理性と感情は違うから」

「だけどさ、もしもおばあちゃんのことを打ち明けてなかったら、鴨川へは行かせてもらえなかったわけだろ?」

「そうね。少なくとも、こういう形では送りだしてもらえなかったでしょうね」

——こういう形では。

その言葉を聞いて初めて、僕は悟《さと》った。かれんは、心の内でもう決めていたのだ。たとえ両親に許しをもらえなかったとしても、自分の道は自分で選ぼう、と。彼女の性格でそこまで決意するのは大変なことだったろう。

めちゃくちゃ正直なところを言えば、今だって僕は、彼女にどこへも行って欲しくない。

〈ふり向いて俺を見てくれ　頼むから置いていかないでくれ〉

胸の奥には、あの歌と同じ思いがいまだにくすぶっている。

けれど、だからといって佐恵子おばさんたちに最後まで反対してもらいたかったかと言えば——それはやはり違っていた。いくらかれんが覚悟を決めていたとしても、いざという時に本当に両親の制止を（とくに佐恵子おばさんの嘆願を）ふりきれたかどうかはわからない。ふりきれたとしても、かれん自身がそういう自分にものすごく傷ついたであろうことは間違いない。

　僕は、彼女のために「いざという時」が訪れなくてよかったと思った。いくぶん強がりが含まれているのは認めるが、それでも掛け値なしの本心だった。そういう意味ではやっぱり、おじさんとおばさんの決断に感謝しなくちゃならないんだろう。

　かれんは、ずっと黙っている。

　僕は畳《たたみ》の上をのそのそ移動して、二人がけソファの彼女の隣に座った。うつむいたままの頭に手を伸ばし、くしゃっと撫《な》でてやる。

「大丈夫だって。こんなことくらいで、お前たち親子の絆《きずな》がゆらぐわけないよ。だてに二十何年も家族やってきたわけじゃないだろ？」

「……そうだけど」

「血のつながりがあるかないかなんて、この際たいした問題じゃないって。俺なんか佐恵子おばさんとはかなり濃く血がつながってるけど、やっぱり遠慮がある。いくらおふくろの妹だっていったって、一緒に過ごした時間は限られてるからな。――俺の言いたいこと、わかるだろ？　要は血の問題じゃないんだよ。そんな、DNAレベルで調べないと違いがわからないようなものに左右されてどうすんだよ。そんなものより、お前があの人たちと

過ごしてきた年月のほうを信じろって」

「……」

「だいたいさ、ダテや酔狂《すいきょう》で子ども一人引き取って育てられると思うか？　おまけにお前、うんと可愛《かわい》がってもらったろ？　悪いことした時だって、本気で叱《しか》ってもらったろ？　だからこそ、実際におばあちゃんに会う時まで、自分があの家の本当の娘じゃないなんてことに気づかないでいられたんじゃないか。そうだろ？」

「……」

うつむいたかれんが、黙ってこっくりうなずく。その拍子《ひょうし》に、膝《ひざ》の上にぽとんとしずくが落ちる。

僕は再び手を伸ばし、小さな頭をそっと引き寄せて、肩にもたれさせた。

「心配することないよ。血のつながった親子なんてもともと、しょっちゅう傷つけ合っちまうものなんだからさ。今回こうやって、大事な時に真正面からぶつかり合えたこと自体が、お前たちが本当の親子だってことの証明みたいなもんじゃないか。もっと自信持てよ。それと、おじさんやおばさんのことも、もっと信じてやれよ。な？」

しばらくの間、かれんは黙ったままでいた。

そしてやがて、少しかすれたアルトでささやいた。

「……どうして？」

「ん？　何が？」

「どうして、ショーリはいつも、私のいちばん欲しがってる言葉をくれるの？」

頭は、僕の肩にもたせかけたままだ。

(そんなの、お前のことが好きだからに決まってるだろう)

半《なか》ばあきれながらそう思ったけれど、まっすぐ口に出すのはさすがに面映《おもは》ゆくて、かわりに僕は彼女の頭をぽんぽんと軽くたたいてやった。

「ま、そりゃ単に、あれだろ。俺のほうがお前よりオトナだからだろ」

「んもう……」

詰まり気味の鼻をすすって、かれんがようやく少し笑う。

不承不承《ふしょうぶしょう》の微笑みにゆるんだその顔を覗《のぞ》きこんだと同時に、たまらないいとおしさがこみあげてきて、僕は、彼女の唇にそっと自分のそれを重ねた。彼女はぴくっと肩をふるわせたけれど、僕が片手で頭の後ろをしっかり支えるようにしてやると、おずおずとあごをあげて体の力を抜いた。同時に、前歯の砦《とりで》がゆるむ。

かれんの口の中は、カフェオレの味がした。僕の口からはもっと苦い味がしているんだろうか。彼女も今それを味わっているんだろうか。——想像した瞬間、興奮がぞくりと背中を這《は》いのぼり、

「ん……」

彼女の小さい悲鳴を飲みこむように、僕はもっと深く唇を結び合わせてその舌をとらえた。

本来、あまり人には見せないものを絡《から》み合わせる——ただそれだけのことが、なんでこれほどまでに強烈《きょうれつ》な陶酔《とうすい》と快感をもたらすんだろう。まるで脳みそを掻《か》き回されているみたいに、何ひとつまともに考えられなくなっていく。僕が知る限り、かれんの体はどこもかしこもつるりとなめらかなのに、舌だけは少しざらりとしていて、その感触はちょうど極上のビロードを逆さに撫でているかのようで——。

無理な体勢にだんだん痛くなってきた首の角度を変えようと、ほんの少し唇を離した隙《すき》に、彼女がもがいて僕から逃《のが》れた。

「ま……」乱れた息を懸命に整えようとしながら、かれんは言った。「待って」

「なに」

「お願い、待って」

「なんで」

「だってショーリ、これ以上したら止まらなくなっちゃうでしょ」

「は？」

(今さら何言ってるんだよ、お前だってそんな潤《うる》んだ目をしてるくせに)

そう思うのに、かれんは火照《ほて》った頬《ほお》をなおさら紅潮させ、僕から目をそらして続けた。

「こ……この前ショーリ、言ってたじゃない。もうあんまり我慢できないって」

「いや、できないとは……」

「でも、自信ないって」

まあ、確かにそうは言った気がする。というか、言った。

〈お前が本当にいやがることだけはしないつもりだけど……ヤだって言われたら、ちゃんとやめるつもりではいるけど、それでも、もし俺のこと怖かったら、無理してあの部屋に来なくてもいいよ〉

あの時、佐恵子おばさんが風呂から出てきたから、かれんの返事はとうとう聞けなかったけれど——でも、こうしてまた部屋を訪れてくれたということは、少しくらいは僕を受

け入れる覚悟をしてくれてるってことなんじゃないのか。

自分でも気づかないうちに、不機嫌そうな顔になってしまっていたのだろうか。かれんが、ふっと悲しげな目で僕を見た。

「……ごめんなさい」

「いや、あやまることないよ。こっちこそごめん」

こんなことで露骨《ろこつ》に機嫌が悪くなるというのも男として情けない気がして、僕は慌《あわ》てて言った。

「ちゃんと約束したもんな、ヤだって言われたらやめるって」

「違うの」かれんが首をふる。「ヤなんじゃないの」

「無理すんなって。俺がちょっと、がっつきすぎた」

ははは、と笑ってみせたのだけれど、

「違うんだってば、そうじゃなくて……」

口ごもった彼女は、赤い顔を再び僕からそむけると、消え入るような声で言った。

「そうじゃなくて、逆なの」

「……え？」

「と、止まらなくなっちゃうのは、ショーリだけじゃないってこと」

どうでもいいけどどうしてそんな怒ったような口調なんだろう、と思ったすぐあとで、耳を疑った。

「え……ええええっ？」

「ショーリは……私のことすぐ子ども扱いするけど、私だって一応、っていうかとっくに大人だし……好きなひとと、そ……そういうことしたいって思うのは、なにも男の人だけじゃないんだからね。私だって、ショーリとキスすると気持ちよくなっちゃうし、だ、抱きしめられるのだってす……すごく好きだし、それに、その……その先のことも、前は怖かったけど、このごろは……」

ゴクリ、と喉《のど》の鳴る音がした。

かれんじゃない。僕の喉だ。

心臓がばくばくしていた。痛いくらいだった。息が止まりそうだった。こんな思いは、あの日、鴨川の展望台の上で——海を見おろす女神像の足もとで、かれんからの告白を聞いた時以来のような気がした。

「……このごろは？」おうむ返しに僕はうながした。「このごろは、何だよ」

かれんが、可哀想《かわいそう》なくらい赤い顔のまま黙っている。

「もう、あんまり怖くないってことか?」

なおもためらった末に、彼女がこくっとうなずく。

「――かれん」

自分の声がみっともなくうわずっているのがわかった。夢中で彼女の肩を抱き寄せ、のしかかるようにして再び唇を重ねようとした、その時、

「だから、待ってってば」

かれんの片手が寸前で僕の口をふさいだ。

「なんで! 今度はなに!」

「……お料理」

「はあ?」

かれんは、何とも言えない顔で僕を見あげてきた。

「お料理、教わらないと」

「……今、それを言うか?」

「だって、覚えて帰らないと私、今晩なんにも作れないもの」

「そんなの、料理の本とか見ながら適当に作っとけよ」

「だって、ショーリのとこ行くって……」

「ええ？」

「ショーリからちゃんと教わってくるって」

「うそ。佐恵子おばさんに？」

「ん。言っちゃった」

「もしかして、これから毎週ってことも？」

かれんが、上目づかいにこっくりうなずく。

事態がようやく見えてきて、僕は思わず深々とため息をつき、かれんの膝の上につっぷした。

「……マジかよ」

ったく、信じられない。可愛い顔して、オニのような女だ。無邪気《むじゃき》に挑発しやがって、この中途半端な生理現象をどうしてくれる。生殺しもここに極まれりだ。

頭の中でさんざん悪態をつきながら、けれど、実際どうしようもないこともわかっていた。

これから先、土曜ごとに僕のところに通ってくる彼女が新しい料理を何も覚えて帰らなかったら、佐恵子おばさんはどう思うだろう。二人でいったい何をしていたのかと疑問に思うかもしれない。かといって、料理を教えるのとかれんを抱くのを一日でこなすなんていうのはまず無理だ。そんな特別なことのあった日に、家に戻ったかれんが素知《そし》らぬふりを通せるとは思えないし、だいいち、彼女を何より大切に思うからこそここまで我慢したというのに今さら慌ただしく済ませる気には到底なれない。かれんと結ばれるのは、もっとゆっくり過ごせる日——しかも、会っていたのが僕だと佐恵子おばさんに知られていない日でなければならないのだ。

「ごめんね」

寝返りを打って見あげると、かれんはしゅんとして膝の上の僕を見おろしていた。

「怒っちゃった？」

その表情を見たら、思わず苦笑がもれてしまった。まるで、子犬に眉毛を描いたみたいな情けない顔だったのだ。

「怒ってないよ」と、僕は言った。「まあ、自分の聞き分けの良さにあきれちゃいるけどね」

「ショーリから教わるなんてこと、言わなければよかったのかもしれないけど……でも、そうでも言わないと、土曜日は母さんに特訓されちゃうところだったんだもの。それに、ちゃんと言っておけば、毎週こうやって堂々とショーリに会えるし」

「……」

あきれた殺し文句だ。何の駆け引きも自覚もなしに言っているあたりがかれんだが、もしかして、そういうのこそがホントの小悪魔ってやつなんじゃ、と思ってしまう。

もう一度やれやれとため息をつき、

「しょうがない」僕は名残惜《なごりお》しさをふり切ってしぶしぶ起きあがった。「んじゃ、そろそろ始めますかね」

「ハイ、先生」かれんもホッとしたように微笑んで立ちあがる。「今日のメニューは何ですか?」

「……」

ほんとうに食いたいもの——つまりキスとその先に待っているものに背を向けて、代わりにゴボウとニンジンのきんぴらを作るのかと思うと、涙もかれる思いだった。

4

気がつくと、秋が終わっていた。

ひたすら青く高く澄《す》みわたっていた空は、青く高く澄みわたったまま いつのまにか冬の気配を帯び、ある朝、ゴミを出そうとして部屋から出たら、吐《は》く息がいきなり白くてびっくりした。

もうこんな季節か、と思う。

押し入れには、明子《あきこ》姉ちゃんと親父《おやじ》が一緒になるときにもらった（というか余った）電気ストーブやコタツがあるし、もともとエアコンだってついている部屋だからそういう意味では何の心配もないのだが、それでも、一人暮らしをするようになって初めて迎える冬は、前もって覚悟していた以上に人恋しいものだった。

毎週土曜に無邪気《むじゃき》な顔でやってくるかれんを、もうどうにでもなれとばかりに押し倒してしまわないために、どれほどの自制心が必要だったことか……。どうせ彼女には、こっちのそんな悶々《もんもん》とした気持ちなんてちっともわかっちゃいないのだろうけれど。

誰だって恋をすればちょっとずつ頭がバカになってしまうのはある程度仕方のないことだろうと思うが、しかしここまで念のいった大バカ野郎というのも何だかな、と我ながら苦笑がもれる。

　これだけ長く付き合っているのに一度として抱かせてもくれない、それどころかあの年にもなっていまだにキスひとつで赤くなる、おまけに春からは離れればなれになってしまうことが決定している、そんないちいち面倒くさい相手を、何だってこうも一直線に愛《いと》しく想い続けているんだか。それさえも丈のやつに言わせると、

〈ンなの簡単じゃん。だって勝利、マゾだもん〉

　ということになってしまうのだけれど——。

（マゾ、ね……）

二年以上におよぶ恋心の葛藤《かっとう》をそこまで〈簡単〉に言い切られてしまうと、さすがにむなしいというか、にわかには納得しきれないものがある。

　ひとつ溜《た》め息をついて、僕は大学の本館の上に広がる空を見あげた。今朝の天気予報によれば、北海道《ほっかいどう》の各地にはもうかなりの雪が積もっているそうだが、それも当然と思えるくらい東京も寒い。

「あーあ、スキー行きてぇなあ」

と、歩きながら岸本《きしもと》がボヤいた。

「オレも行きてぇー！　つーか、何でもいいから遊びてぇーっ！」

安西《あんざい》のやつが同じく空を仰《あお》いで吼《ほ》えると、僕の右隣を歩いていた星野《ほしの》りつ子がぷぷっと吹きだした。

「去年の今ごろもおんなじこと言ってなかった？　この二人」

「あ、言ってた言ってた」

一緒になって笑っている僕らを、ふり返った岸本が恨《うら》めしそうににらんだ。

「いいよなあ、お前ら文系のやつらはよ。何だかんだ言ってレポートとノートで何とかなってよー。ったく、試験がこんな大変だと知ってたら、物理学なんて絶対選ばなかったぜチキショー」

「確かそれも去年……」

「うん言ってた言ってた」

ちぇっ、人ごとだと思いやがって、と岸本はむくれた。

もうじき試験期間に突入しようという今ごろの時期から、部活は休止期間に入る。一年でいちばん長い、ほとんど二か月近いオフの間に、部員のほとんどはバイトをしたり、バイトをしたり、バイトをしたりするわけだ。

そのオフに際しての最後のミーティングをついさっき終えて、僕らは今からラウンジへ向かうところだった。午後一の授業がないか、あるいは自主休講と決めこんだ四人で、まあちょっと茶でも飲むかということになったのだ。

こういうメンツに混ざる時、星野りつ子は、僕と二人きりでいる時の彼女とはちょっと別人になる。いい感じにさばけていて可愛《かわい》げのある、ついでに頼りがいもある女子マネー

ジャー。そんなふうな顔しか決して見せないし、僕にも安西や岸本に向けるのと同じ顔を向けて普通にしゃべる。冗談もとばせば良く笑いもするし、自分の嫌いな食べ物を勝手に人の皿に配るところだって前と変わらない。

でも、本当はその〈変わらなさ〉が星野の努力のたまものであることに——つまり、星野が懸命に以前の自分を擬態《ぎたい》していることに——二人きりになると僕は気づかないわけにはいかなかった。部活や授業の帰りなんかに星野の食事に付き合ってやることだけは、お互いがそれについて何も言いださないまま細々《ほそぼそ》と続いていたけれど、彼女がアパートのドアの前に座《すわ》りこんでいたあの日以来、僕らの間にはやっぱりいささかのわだかまりみたいなものがあって、テーブルをはさんで向かい合っても、会話はどうしても途切れがちになるのだ。

オーダーを待つ間の沈黙に耐えかねたように、

〈和泉《いずみ》くん、『風見鶏《かざみどり》』のバイトはひと休み中なんだって?〉

そう星野が言ったのは先週末のことだった。

〈ひと休み中……?〉

面食らって聞き返すと、星野は黒々としたリスみたいな目を僕に向けて、え、違うの?

と言った。

〈このごろ見ないなあと思ってマスターに訊《き》いてみたら、そう言われたけど。若いうちはいろんな経験したほうがいいからって〉

――勝利？　ああ、あんないいかげんな奴《やつ》はクビにした。

そんなふうには言わないでくれたんだな、と思ったら、なんというか、うまく説明のできない感情がこみあげてきてまいった。

僕が黙っているのを、このままではまた話題が途切れてしまうと思ったのかもしれない。星野は一生懸命に言葉を継いだ。

〈そっか、それで和泉くん、このところ短期のバイトをいろいろハシゴしてたんだ。長期のは、もうやらないの？〉

やらないって決めてるわけじゃないけど、特にこれっていうのが見つからないんだ、と言うと、彼女は一瞬迷って、

〈そういえば『フレンズ』でも今、バイトの募集してるんだよ？〉と、自分が働いているビデオ屋の名前を言った。〈時給もそう悪くないと思うけど……〉

でもそのすぐあとで、全部を冗談にするように笑ってみせた。

〈なーんちゃって、そんなの和泉くんがヤだよね。って言うか、私だってなんだか気まずいし〉

これまた言うべき言葉が見つからなくて、かといって黙っているのも気詰《きづ》まりで、あげくの果てに僕はつい、頭に浮かんだことをそのまま口にしてしまった。

〈その後、例の彼とはどうなの〉

〈……どうって？〉

〈いや、その……うまくいってんのかなと思って〉

星野はきゅっと口をつぐみ、テーブルに目を落とした。

再び目をあげたときには、その顔には何とも言えない表情が浮かんでいた。胸を突かれるような微苦笑だった。

〈うまくいってるよ、って——そう言ったら、和泉くんはホッとするんだよね〉

またしても地雷を踏んでしまったことに、今頃気づいてももう遅い。

〈……っ……ごめんっ〉

ガバッと頭をさげると、星野はため息混じりに言った。

〈いいけど。和泉くんのそういうとこ、もういいかげん慣れたし。でも……あんまり残酷《ざんこく》

なこと、訊かないでくれる?〉

「早《はえ》ぇなあ。もうクリスマスツリーかよ」

安西の太い声に、はっと我に返った。遅れがちな僕の少し先を歩いていた彼らは、本館の側へ渡る信号の手前で立ちどまっていた。

追いついて見あげれば、正門の両脇《りょうわき》に黒々とそびえるヒマラヤ杉には、本職の人たちの手によってすっかり飾りつけがほどこされていた。樹《き》そのものが十メートルを優にこえる高さだから、イルミネーションも一つひとつが豆電球なんかじゃお話にならなくて、裸電球に色をつけたものがそのまま使われている。

ふだんはめったに意識しないけれど、こういうのを見るとさすがに、この大学がミッション系のそれであることを思いだす。ほかにもたとえば、この時季になるとレンガ造りのチャペルから漏《も》れてくる、聖歌隊の賛美歌の練習とか……。

去年、クリスマス・イヴにかれんとひどいケンカをして、最悪の気分のままみんなで越《えち》後湯沢《ごゆざわ》へスキーに行き、すったもんだの末にようやく仲直りをした――あれからもうすぐ一年がたつのか。子どもの頃は一年というのはもっとたっぷりと長かったように思うのに、

どういうわけだろう、なんだか年々加速度をつけて速くなっていく気がする。

こんなふうにして、またあっというまに一年がたち、二年がたって、気がつけば卒業や就職を迎えていたりするんだろうか。そのとき僕らは、いや僕は、何を選び、何を捨て、何を得ているんだろう。今はかれんの背中を必死で追いかけている僕も、その頃にはもう、ちゃんと彼女のかたわらに並び立つことが出来ているんだろうか。それともやっぱりまだ、追いつけないまま息を切らして走り続けているだけなんだろうか。

――考えるだけで気が逸《はや》り、心臓が苦しくなってしまう。

狭い道路を渡り、本館の時計台の下をくぐりながら、ふと足をゆるめて巨大なツリーをふり返った。今夜あたりから、そろそろ明かりが灯《とも》されるんだろう。

去年は授業が終わると即行で『風見鶏』のバイトに駆けつけていたから、せいぜい二回くらいしか見られなかったけれど、すっかり日の落ちるのが早くなったキャンパスに、夕暮れとともに色とりどりの電球が灯される様子は、べつに神様なんて信じてなくても思わず何かに祈りたくなってしまうくらい、せつなくて美しい、特別な光景だった。

「あいつにも見せてやりたいなー、とか思ってるんでしょ」

びっくりして目を戻すと、ほんの何歩か先で立ち止まった星野りつ子がニヤニヤしながらこっちを見ていた。黒いダウンジャケットを着こんだ小さな体の向こうに、安西と岸本の背中がゆっくり遠ざかっていく。

　ふっと苦笑がもれた。

　まったく、こういうところが星野だよなあ、と思ってしまう。彼女がこのごろ時々こうやって、わざと人をからかうような物言いをするのは、こっちの反応を見て自虐的《じぎやくてき》な気分に陥《おちい》るためなんかじゃなくて――まあそういうのも欠片《かけら》くらいはあるのかもしれないけれど――やっぱり一番は、互いの間のわだかまりをそのままにしておきたくないという気持ちからなんだろう。それこそが星野なりの意地の見せ方であり、同時におそらく、僕への気《き》遣《づか》いでもあるんだろう。

「なんなら、イヴの晩にでも連れてきてあげれば？」

　なおも揶揄《やゆ》の言葉を重ねる星野に向かって、こっちもわざとぶっきらぼうに返してやる。

「言われなくてもそのつもりだっつの」

「あ、そ。それはどうもごちそうさま」

　星野はあきれ返ったように肩をすくめ、聞かなきゃよかった、と言って尖《とが》ったあごをツンとあげてみせた。

＊

忘れる――のは難しい。

あの日、ようやく泣きやんだ星野がぽつりと僕に語ったとおり、何かを意図的に忘れようとするたび、僕らは必ずそれを思いだしている。

でも、たとえばとうてい抱えきれないと思えるようなつらさにも、悲しみにも、あるいは驚きや違和感にも、人はいずれ慣れていく。貝が身の内に含んだ小石を真珠へと変えていくように、ころりとした痛みは時間とともに少しずつなじみ、丸く包まれて、やがてはもともと体の一部であったかのように意識されなくなっていくのだ。

順応する――ということ。およそ人に与えられた能力のうちで、一番すぐれた力はそれなんじゃないかと僕は思う。

今回のかれんの一件だってそうだ。悩みに悩んだ彼女がとうとう選んだ告白は、花村の家族それぞれの心に波紋を投げかけはしたけれど、しばらくたつと――（それは僕の予想よりずっと早かった）――一人ひとりがその事実を自分の胸に納めて、あとには再び、前と少しも変わらない日常が戻っていた。まるで、あの家族そのものが大きな真珠貝みたいだった。

土曜の料理教室は、その後もずっと続いていた。

佐恵子おばさんのいささか強情《ごうじょう》ともいえる親心のせいで、週末ごとの新メニューに怯《おび》えなければならなかった丈たちこそ災難だが、それでもまあ曲がりなりにも、かれんは毎週二つか三つの新しい料理を覚えていき、包丁を持つ手つきも前よりはいくらか様《さま》になって、少しずつだが料理の勘《かん》どころみたいなものもつかめてきたようだった。だいたい、染色だの陶芸だのといった細かい作業はあんなに得意なんだから、料理だって慣れさえすればけっこういいところまでいくはずなのだ。

でも、そうやってかれんが僕のレパートリーを一つ覚えていくたびに、僕はちょっとずつ寂《さび》しくなった。彼女のために僕がしてやれることが、こうやって一つ、また一つと減っていってしまう……そんな気がしたからだと思う。

一方、かれんの気持ちはもうすっかり鴨川に飛んでしまっていた。遊びに行くのとは違うから、楽しみで早く行きたくてわくわく、というだけではないのだろうけど、いずれにしても春から飛びこむ新しい環境のことをあれこれ考えて落ち着かなくなってしまうのは、まあ無理からぬことかもしれない。

けれど、少なくとも春まではずっと一緒にいられるとばかり思っていた僕の気持ちも知らないで、この前の土曜日、かれんは相変わらずの無邪気さであっさりこう言ってくれた。

「実際に向こうへ移るのは、学校が終わって春休みになってからだけど、この冬休み中にも、できたら一週間くらいお手伝いに行こうと思ってるの」

言いながら一生懸命に大根を千六本に切っていたかれんは、里芋《さといも》の皮をむく僕の手が一瞬止まったことには気づかなかったようだ。

「職員の方たちだって、年末年始くらいは休みたいものじゃない？　私一人きりじゃまだたいした仕事は任せてもらえないけど、誰かと組んでのお手伝いだったら何度もしたことあるし……そのぶん他の人がちょっとでも休めるんじゃないかと思って」

そういう細やかで愛情あふれる気遣いを、どうしてこの春から離ればなれになる恋人には向けてくれないのかな、と思いながら、それでも僕は、うん、いいんじゃない、と言った。

「で、一週間どこに泊まんの？　……あそっか、ホームには客用の部屋ってのもあるんだっけ」

「うん。でも、この際だから、試しにあの家で暮らしてみようかと思って」

「えっ？　あんな寒そうなボロ家に？」

「ボロ家は失礼だってば」と、かれんはクスクス笑った。「もちろんそれだって、大家さんがいいって言ってくれたらの話だけどね」

「けど、いきなり大丈夫かよ。いくら南房総ったって、真冬はやっぱり真冬だと思うぞ。それもあんな山ン中だし、海べりよりずっと寒いだろうし」

「でも、どっちにしたって来年にはまた冬が来るわけでしょ？　最初にいちばんつらい季節を経験しておけば、あとはもう怖いもの無しじゃない」

　そう言われてもまだ心配するのをやめられないでいる僕を見て、かれんは何だか嬉《うれ》しそうににっこりした。

「……ありがとね、ショーリ」

「あ、いや、礼なんか言ってほしいんじゃなくてさ」

「ふふ、大丈夫よぉ。なにも南極で越冬するわけじゃあるまいし、ストーブと分厚いお布団と、あとは寝る時のために湯たんぽでもあれば何とかなるわよ、きっと」

　湯たんぽの代わりに俺を持ってけ！　と激しく思ったが、さすがに情けないので言うのはやめた。

「いつ行くの？」

「ん……二十八日くらいからのつもりだけど」

「じゃあさ」と僕は言った。「休みに入ったらすぐ、いっぺん大掃除《おおそうじ》しに行ったほうがいいよ。いくら何でも、行ったその日からいきなり住み始めるってのは無謀《むぼう》だよ。床なんか埃《ほこり》だらけだろうし、すきま風の入るとこはふさがなきゃならないし、鍵とかだって点検しとかないと不用心だしさ。それに、ストーブとかふだん使うものも向こうで調達しなきゃならないんだろ？」

「……そっか」

「だから、一緒に行こうよ。俺、手伝ってやるからさ」

「ほんとに？」かれんの顔が、みるみる明るくなるのがわかった。「いいの？」

「この際、しもべのようにコキ使ってやって」

「あ、私それ得意かもー」

と、かれんが笑う。

「かもじゃねーだろ」と僕も笑った。「それでさ。代わりって言っちゃ何だけど——二十四日の晩は空《あ》けといてくんない？」

「にじゅう、よっか？」

「うん。お前の学校が終わる頃に、俺、迎えにいくからさ」

いくらニブチンのかれんでも、それがイヴの日だってことには気づいてくれたらしい。

はにかむように微笑《ほほえ》むと、彼女はこくん、と一つうなずいた。

5

予定は未定、とはよく言ったものだ。

当初はかれんと二人きりで行くはずだった（少なくとも僕のほうはしっかりそのつもりでいた）鴨川行きだが、今回の目的——あの古い家の大掃除《おおそうじ》と、それに細々《こまごま》とした生活用品の買い出し——のことを考え合わせれば、かれんと僕だけではどうにも手が足りない。買うだけ買っても運びきれないに違いない。そんなあれこれを相談した末に、今回ばかりは丈にも手伝ってもらわざるを得なくなったのだ。

ついでに言うと、予定と変わったのは人数ばかりではなくて日程もだった。というのも、丈を連れていくと決めた時点でこの話は佐恵子おばさんに隠《かく》す必要がなくなったわけで、

その佐恵子おばさんが、話を聞くなり僕らをせかしたせいだった。

〈行くなら早めに行っておかないと。ぎりぎりになってから行ったんじゃ、何か問題があった時に対処《たいしょ》する余裕がないじゃないの〉

そんなわけで――僕ら三人がありったけのボロきれと、ゴム手袋と、それぞれ一泊ぶんの着替えとを持って朝一番の特急に乗りこんだのは、冬休みに入る前の週の土曜日だった。

早起きの苦手《にがて》な丈は、向かい合わせにした席に座《すわ》ってからもやたらと生あくびを連発していたが、できるだけ早く着いて、夕方までにあらかたの掃除とせめて布団《ふとん》の買い出しまでは済ませないと、今晩眠るところが確保できない。佐恵子おばさんは今日ぐらい街なかのホテルにでも宿を取ればいいのにと言ってくれたけれど、試しに泊まってみることで確かめられることもあるだろうからと言うと、それもそうね、とようやく少し安心したような顔を見せた。

ちなみにおばさんは最初、一緒についてきて大家さんや近所の人に挨拶《あいさつ》するつもりだったらしい。それを思いとどまらせたのはかれんだった。

〈お願い、そういうのはせめて、私が実際に暮らしだしてしばらくたってからにして。たまたま娘のところに泊まりに来た母親が近所にご挨拶っていうならわかるけれど、最初か

ら親が出てくなんて……この年でそれは恥ずかしいじゃない〉

一応もっともだと思ったのか、佐恵子おばさんにしては珍しいことに、娘の言い分をおとなしく受けいれたようだけれど――なんだかその顔が寂《さび》しそうでせつなかった、と後でかれんはぽつりと僕にもらした。

〈春になって本当に暮らし始めたら、きっと遊びに来てね〉

黙ってしまった母親に向かって、かれんは一生懸命に言ったそうだ。

〈房総の春はほんとに素敵よ。母さんのぶんのお布団もちゃんとそろえておくから。その時までに、おいしい地元のお魚のお料理、いっぱいショーリに習っておくから〉

雲ひとつなくきれいに晴れていたけれど、前に来た時、そこかしこに群れ咲いていた彼《ひ》岸花《がんばな》も今はなく、バスの窓から見える山里の風景はずいぶん寒々としていた。

海に近い一帯では暖流のおかげで雪どころか霜さえ見られないそうだが、海べりから離れれば離れるほど、つまり街なかから遠ざかれば遠ざかるほど、あぜ道は枯れ草におおわれて白茶けた色へと変わっていく。

それでも、道路に面した家々の庭や、畑の斜面などにはしばしば大きな夏みかんの木が

植えられていて、鮮《あざ》やかな黄色い実が冬の日をはじいて輝くのを見るたび、少しずつ安心できる気がした。かれんが言ったように、たしかにここは南極ではなくて南房総なのだ。

いつかと同じ、色褪《いろあ》せたベンチのあるバス停で降りて、いつかと同じ道をゆっくりのぼっていく。やがて現れた家をひと目見たとたん、丈が口にした感想はこうだった。

「うっそ、人住めんのかよここ」

「どうして？　古くて素敵な家じゃない。こんなところ、普通は探したってちょっとやそっとじゃ見つからないわよ」

あらかじめ大家さんから教えられたとおり、庭の井戸を囲む積み石の間から小さな鍵を見つけたかれんが、よいしょ、と玄関の引き戸を開ける。

「いやオレ、わっかんねえわ姉貴のセンス」

「べつにわかってくれなくていいですけどー」と、かれんは口を尖《とが》らせた。「ほら、さっさと入って雨戸開けるの手伝って」

年末から年始にかけて家を借りたいというかれんの頼みを、七十を過ぎた大家さんは二つ返事で了承してくれた。予定では春までに誰か人を頼んで掃除してくれるつもりでいたらしいが、かれんがこちらですべてやりますからどうぞお気遣《きづか》いなく、と言うと喜んで、

その代わりと言っては何だが、今回の滞在については日割り家賃とか御礼などといったことはまったく考えないでほしいと言ってくれたそうだ。

空《あ》き家になってからもう二年ほどもたつわりに、実際に掃除を始めてみると、思ったほどは汚れていなかった。前に来たとき何やら煤《すす》けた印象だったのは、おもに埃《ほこり》のせいだったらしい。

なんでも、二年前まではその大家さん夫婦自《みずか》らが暮らしていたのだという。

「まさか……」と腰の引けた様子で丈が言った。「どっちか片っぽがここでポックリいったとかいうんじゃねえよな」

「んもう、どうしてそういう言い方するのよ」と、かれんはエプロン姿の腰に両手をあてた。「誰も亡くなってなんかいないわよ。ただ単に、体がきかなくなってきたから近くの息子さん夫婦のところへ引っ越されただけ。年とると運転は危ないし、だからって車なしだと、ここってちょっと不便じゃない？　それで」

「車なしじゃ不便なとこを、なんでわざわざ免許も持ってない姉貴が借りんだよ」

「私はほら、若いからいいの」

「へへーんだ、いつまでも若い若いと思ってっと……痛《い》てっ」

ポカリとやったかれんが、

「年の話は禁止っ」

頬《ほお》をぷくっとふくらませて言うのを見て、僕は思わず吹きだしてしまった。

「なんだよぉ、自分が最初に始めたんだろぉ？」

ぶつぶつ文句を言いながらも、丈は思いのほかマジメに、板《いた》の間《ま》の端から端へと雑巾《ぞうきん》がけを続けている。まあ、やつはやつなりに、姉の新しい門出に際して思うところがあるのかもしれない。

この季節だけに、拭《ふ》き掃除には水の冷たさがつらいだろうなと思っていたのだが、深い井戸からロープを結んだバケツでくみあげる水は案外温かかった。そればかりか、前もって大家さんが手配しておいてくれたらしく、ふつうの水道も蛇口《じゃぐち》をひねればちゃんと出たし、プロパンも生きているからお湯まで出た。

さらにありがたいことに、家の中には小さめの冷蔵庫やテレビ、それに古い電子レンジなども残されていた。息子夫婦との新居に持ちこめる物にはどうしても限りがあったのだろう。

六畳がふた間続いた座敷の隅《すみ》っこに、平べったい客用座布団が五枚。土間になっている

ために一段下がった台所には昔ながらのかまどと並んでガスコンロがあり、いくつかのアルミの鍋《なべ》とヤカンもあり、戸棚の扉の内側には古い包丁が三本差したままになっていた。

そろりと抜き出してみたそれは、今どきのペラペラな包丁ではなくて、しっかりと持ち重りのする本物の鋼《はがね》だった。長年使いこんだせいで磨《す》り減ってはいても、刃こぼれひとつなくきちんと研《と》がれた包丁を、あえてこの家に残したまま引っ越していったおばあさんの気持ちを想像したら、なんだかふっと感傷にかられてしまった。息子夫婦との同居はたしかに安心だろう。でも、その家におばあさんの居場所はちゃんとあるんだろうか。そんなことを僕なんかが気にしてどうなるものでもないのだけれど。

「きれい好きな方たちだったみたいね」

ふり向くと、土間におりる上がりがまちのところにかれんが立っていた。動きまわったせいで額《ひたい》にうっすら浮いた汗を、手の甲で押さえるようにぬぐいながら、にっこりと僕を見おろす。

「お風呂のタイルの目地にも、黒ずみひとつ無いのよ。びっくりしちゃった」

僕もさっき見た時そう思った。洗い場の床や壁に、大きさも形もウズラ卵みたいなモザイクタイルがびっしりと貼《は》られた昔懐《なつ》かしい風呂場。小学生の頃ひと夏を過ごした明子姉ちゃんの田舎《いなか》の風呂場が、ちょうどあんな感じだったのを思いだす。

「なんかこう、正しい風呂場って感じだよな」

かれんはくすくすっと笑って、ほんとほんと、と言った。

自分も土間におりてきて、手にした雑巾で戸棚の中を拭きはじめた彼女と入れかわりに、僕があがろうとしたときだ。突然、

「やーっ！」

悲鳴にがばっとふり返ると、かれんは雑巾をほうりだし、尻もちをつくような格好で胸のあたりを押さえていた。

「な、なに、どうした！」

「ごっ……やっ、ごっ……！」

「ええ？」

彼女が指さす流しの下を急いで覗《のぞ》きこむ。

蛇腹《じゃばら》の排水パイプの奥、薄暗い戸棚の隅に、何か焦《こ》げ茶色のものが転がっている。葉っぱにしては、いささかぶ厚い。

這《は》いつくばった僕の後ろから、

「なに、どしたの？」

と丈の声がする。

「うん？」ため息をついて、僕は頭を出した。「ミイラ化したゴキブリ」

「やーっ！」

聞いただけで、かれんがまた半泣きの声をあげる。

「なんだよ、おどかすなよぉー」丈があきれたように言った。「ったく、生きてるやつならまだしも、死んだやつでさあ。そんなんでほんとに一人で暮らせんのかよ」

「だって……だって」

正直、僕もびっくりしていた。かれんがこんなにゴキブリ嫌いだったなんて、全然知らなかった。というか、知ろうにも花村の家ではそんなもの見かけたことさえなかったのだ。この家にしたって、大家さん夫婦が住んでいた間はそうだったのだと思う。空き家になってからたまたま迷いこんだ一匹が、餌《えさ》を見つけられずに行き倒れになったんだろう。

かれんの投げだした雑巾で〈遺体〉を包むようにつまみあげ、外に捨てに行こうとする僕の背中に、

「お、お願いショーリ」情けない声のかれんが言った。「そ、その雑巾で、ほかのもの拭

かないでね。絶対だからね」

「わかったわかった」

苦笑いで答えながら、

（危ないところだったな）

と思う。うっかり素手でつまみあげたりしていたら、このさき一生、手も握らせてもらえなかったかもしれない。

二度と彼女の目に触れないように、家を囲む垣根の外、田んぼのあぜ道をおおう草の上で雑巾を振るいながら、僕は、自分がニヤニヤと笑《え》みを浮かべたままでいたことに気づいて——ゆっくりとそれをひっこめた。

ひとつ、ため息をつく。たかだかこの程度のことでさえ、かれんに頼ってもらえるのがこんなに嬉《うれ》しいなんて……今に始まったわけじゃないけれど、そうとう重症だぞお前、と思ってみる。

かれんを甘やかして、できることは何でもしてやって、僕のそばに彼女だけの居場所を作ってやりたいという気持ちは、掛け値なしの真実だ。

でも、それ以上に僕自身が、かれんから頼られることで自分の居場所を確かめたがって

いるのだということくらい――。
　もう、いやになるほどわかっていた。

＊

　ほとんど休憩も入れずに働いたせいで、昼近くなるとさすがに腹が鳴りだした。

　凹《へこ》んだヤカンにお湯を沸《わ》かしながら、朝来るときに駅前で買ってきた弁当を三人ぶん、丸い卓袱台《ちゃぶだい》にひろげ始めたときだ。

「なあ。なあってば」

　庭の物置を片づけていたはずの丈が裏口から飛びこんできて、小声で言った。

「垣根のとこから変なおっさんが覗いてるけど、誰あれ」

「変なおっさん？」

　思わず身構えて腰を浮かせたのと、その当人がいきなり縁側からぬっと顔を覗かせたのはほぼ同時だった。

　今のが聞こえたかと、声もなく固まってしまった僕らを見て、その人は遠慮《えんりょ》がちに、こんちわぁ、と言った。

「……こんにちは」

かれんもおずおず会釈《えしやく》する。

僕らの誰よりも小柄《こがら》で、たぶん六十そこそこ。農機具メーカーの名前の入った帽子の陰で、日に灼《や》けたシワだらけの顔がますます黒ずんで見える。

「いやさ、おれ、隣の高梨《たかなし》ってもんだけど」

「えっ。あ、失礼しました」

かれんとともに、僕らも慌《あわ》てて座り直した。

「ごめんなさい、こちらから先に御挨拶に伺《うかが》うべきでしたのに」

「いやあ、そんなこたぁいいよ。おれもちょうど今、メシ食いに帰ってきたとこでさ。で、何かい、あんたたちが春から越してくるっつう人?」

「あ、はい。住むのは私一人なんですけど、今日はとりあえず、弟たちに手伝ってもらって掃除をしに来たんです」

「ああ、あれだっぺ？　暮れと正月も、老人ホームの手伝いに来るんだっぺ？　こないだここんちの旦那《だんな》から聞いたよ。いやあ、えれぇもんだねえ、若《わけ》ぇのに」

「いえ、そんな」

はにかむように微笑《ほほえ》んだかれんが、きっちり畳《たたみ》に手をついて、今後ともどうぞよろしくお願いします、と頭をさげると、おじさんは嬉しそうにニカッと笑った。前歯に大きな隙《すき》間《ま》があるせいで、笑うとめちゃくちゃ愛嬌《あいきよう》のある顔になる。

聞けば、この高梨さんの家というのは、すぐ左隣にあるみかん畑の向こう側、立派な石垣に囲まれた大きな農家だった。娘夫婦と孫二人との同居だという。

「なんか足りねえもんがあったら、遠慮なく言いなよ。大工道具でも何でも、あるもんは貸してやっから」

「ありがとうございます」

見ていた僕の胸まできゅっとなるくらいの笑顔で、かれんは言った。

「あのう、このあたりで日用品のそろうお店っていうと、どのへんにありますか？　バスで行けるところがありがたいんですけど、やっぱり駅まで出たほうがいいでしょうか」

「日用品ってぇと、どういう？」

「台所用品とか、掃除機とか、ストーブとかコタツとか……あと、お布団とか」

「掃除機っくれぇ、いつでも貸してやるけど」

「あ、でも……」

「まあそうさな、どうせ必要だもんな。ああ、そんならさ、ついでだからあとで一緒に乗ってかねえかい」

「え？」

「もうちょっとあとンなってからでもよかったら、おれも駅のほうに用事があってさ。うちのワゴン車だったらみんな一緒に乗ってけるし、このへんで一番でっけぇホームセンターまで連れてってやるよ」

「そんな……そこまでして頂くわけには、」

「いいっていいって。わざわざ行くわけでねえ、ついでだもの。バスなんか待ってたって一時間に一本くれぇっきりねえしさ、だいいち、そんなでっけえ物ばっかりしこたま買って、どうやって持って帰ってくるつもりだ？」

「あの、配達なんかはして頂けないんでしょうか」

「あ、そら無理無理。配達はやってねえんだわ」

　今どきそんな店があるのかと思ったが、高梨さんによると、このへんでは買い物といえば車で出かけていく人がほとんどなので、配達なしのホームセンターというのはそう珍しくもないのだそうだ。普通の自家用車に積めないほど大きな品物を買ったときのために、

無料で軽トラックの貸し出しはしてくれるそうだが、いずれにしても免許がなければどうしようもない。都会の常識は、どうやらここでは通用しないようだった。

「いやなに、遠慮することたねえって」と高梨さんは言った。「おれの用事だって小一時間はかかるから、その間に買い物しときゃ、みんなまとめて運んでやるさあ。つうか、おれが運ぶんじゃねえもの、車が運ぶんだもの、なあ?」

ガハハハ、と豪快に笑う高梨さんに、かれんはどうやらすっかり打ち解けた様子で、それじゃありがたくお言葉に甘えます、と再び頭をさげた。

二時前になったらまた声をかけに来るから、と言って高梨さんが帰っていったあと、僕らはようやく昼飯をすませ、日のあたる縁側に足を投げだして、しばらくのんびりと食休みをした。

高梨さんの家の方角からニワトリの声が聞こえ、さらにもう少し遠くからは犬の吠《ほ》え声も聞こえた。いつか来たときと、たぶん同じ犬だろう。風はほとんどなく、ぽかぽかとした日ざしに額をさらしていると眠たくなってくる。

よりかかった柱に頭をもたせかけ、目をつぶったふりをして、僕は、薄く開けたまぶたの間からかれんを眺《なが》めていた。縁側の端に腰かけた彼女は、サンダルをつっかけた足を子どもみたいにぶらぶら揺《ゆ》らしながら、満ち足りた笑みを浮かべて庭を見ている。その手前でごろりと板の間に横になった丈のやつは、いつのまにかまたデカくゴツくなったようだった。

「あ。そういえばさっきさ」と、眠そうな声で丈が言った。「裏の物置に、でっけえ蛇《へび》の抜《ぬ》け殻《がら》があってさ」

「えっ」と、かれんがこっちを向く。

「一瞬、生きてるやつかと思って、姉貴じゃねえけど絶叫しそうになっちまったよ。ったく、とんでもねえとこだぜ、ここ。ほんとにマジで住むの？」

「住むの」と、かれんは強情《ごうじょう》を張った。「ね、それどこどこ？　物置のどのへん？」

「いや、もう大丈夫だけどさあ。ちゃんと取って捨てといてやったから」

「捨てた？　うそ、捨てちゃったの？」

とがめるような声に驚いて目をひらくと、寝転がっていた丈も面食らったように頭をもたげていた。

「だめじゃないの、そんな貴重なもの捨てたりしちゃ」と、かれんは言った。「蛇の脱いだ皮って、すっごい縁起ものなのよ」

「……誰が言ったんだよ、そんなこと」

「ホームにいるおじいちゃんが教えて下さったの。昔から、蛇の皮を薄紙に包んでお財布に入れとくと、一生お金に困らないって言うんですって」

「げっ、薄気味わりぃ」

「あ、そうだ。今度行く時、おじいちゃんにお土産《みやげ》に持ってってあげよっと。ね、どこに捨てたの?」

「いや、まあ……物置の裏だけどさあ」

聞くなり立ちあがり、張りきって探しにいくかれんの背中を、僕らは口をあけて見送った。

ゴキブリが駄目《だめ》で、蛇の皮なら大丈夫というのはいったいどういう……と思ったのは僕だけではないらしい。隣で丈のやつが、ため息混じりにつぶやいた。

「いやオレ、マジでわっかんねえわ姉貴のセンス」

6

約束どおり、二時過ぎに再びやってきた高梨のおじさんが僕らを連れていってくれた先は、想像していたよりもかなり大きなホームセンターだった。

だだっ広い駐車場には車がぎっしりと並び、家族連れや老夫婦や、あるいは高梨さんと同じような（つまり農家と一目でわかる）格好をした人たちが、ひっきりなしに店を出たり入ったりしている。土曜日だからよけいに混んでいるのかもしれない。

「まあそれもあるけども、今朝の新聞に特売の折り込みチラシが入ってたから、それでだっぺ。おかげで混んじゃいるけど、安くていいもん見つけるにはちょうどよかったんじゃねえかい？」

入口の前にワゴンを横付けしながら、高梨さんは言った。

「ほんじゃ、またあとで迎えにくっから。そうさな、一時間くれぇかな。おれもどうせここで買いもんすっから、なんにも慌《あわ》てなくていいかんな。あ、あとほれ、あそこに台車があるから、重いもんはそれに積んで運びゃいいっしょ。買うもんみんな、どっか店の隅《すみ》っ

こにでもためといてさ、金払うのは最後にまとめてやりゃあ面倒がねえや、な?」

僕ら三人だけを降ろして高梨さんが行ってしまうのを見送り、かれんはふう、と一つ大きな息をついた。

「ほんとに親切な方ねえ。おかげで助かっちゃうけど、なんだか申《もう》し訳《わけ》ないみたい」

店の前はガーデンコーナーになっていて、冬だというのに色とりどりの花の苗がずらりと台の上に並んでいた。僕にわかるのはパンジーとせいぜいチューリップくらいだが、その二種類が並んだ台だけでも、普通の花屋が三つ入るくらいの場所を取っている。水を与えたばかりらしく、花びらについた滴《しずく》がきらきら輝き、うっとりとそれらを見渡すかれんの瞳も同じくらい輝いていた。

「俺が免許持ってりゃな」

「ん? どうして?」

彼女はまぶしそうな目のまま僕を見あげてきた。

「そうすりゃこういう花の苗だって、いっくらでも車に積んで往復してやれるのにと思ってさ」

「あ、ううん、いいのいいの」かれんは笑って顔の前で手を振った。「きれいだとは思うけど、買ってまで植えたいわけじゃないもの。あの家の庭はできるだけ自然のままっていうか、ああして昔からある花木や野の草が慎《つつ》ましく植わってるくらいのほうがふさわしい気がするし。だって、あの苔《こけ》むした思いっきり渋い井戸の横に、原色のパンジーとかチューリップが咲いてたら、なんかヘンじゃない？」

　まあそうだけどさ、と答えたところで、すでにさっさと先に立って歩いていた丈に呼ばれ、僕らは手押しのカートと台車を一つずつ取り、並んで店に入った。

　食料品と本以外はほとんど何でもありの店だった。日用雑貨、電化製品からペット用品、農機具やＤＩＹの道具、材木までそろっている。

「これだけでっかい規模で、あえて造りが平屋だってとこがすげえと思わねえ？」と丈は言った。「なんかこう、いかにも土地余ってますーって感じでさ」

　一人ひとつずつカートを押して、僕らは家から書いてきたメモをもとに、ある時は手分けをし、ある時は相談しながら、必要な物をどんどんそろえていった。

　台所や風呂場の備品、洗剤やシャンプーの類《たぐい》、かれんの好みで真っ白なタオルばかりを何組か。足りない鍋《なべ》をいくつかと、最低限の食器類、それにカセットコンロ。季節柄《きせつがら》、石油ファンヒーターと電気ストーブがどちらも目玉商品になっていたので、居間用に大きめ

のファンヒーターを、寝室用には電気ストーブを選んで台車にのせ、さらに赤外線コタツとコタツ布団《ぶとん》を選んでそれも積んだ。

「なんで重いもんばっかオレんとこに積むんだよう」

と丈が文句をたれたが、もちろん無視する。

スリッパにホウキ、バケツに掃除機《そうじき》。それに季節はずれだが〈ごきぶりホイホイ〉。ものすごくイヤそうに箱を手に取りながら、かれんは言った。

「ねえ、ほとんどの人は、あの茶色いものを見たくもないからこれを置くわけよね? なのに、どうしていちいちこう、フルカラーのイラスト付きなのかしら」

「何ならお前、花柄のパッケージでもデザインして応募してみれば?」

「そーそー」と丈。「ラブリーなハート柄とか水玉柄とかさ」

「んもう」かれんはむくれて言った。「二人して人のことばかにして」

「いや、ばかになんてしてないって」

「オレはしてるけどね」

「……………」

かれんは無言で自分のカートに入っていた掃除機の箱を取ると、丈のカートにどん、と移しかえた。

カーテンはあの家に似合わないから、と彼女が言ったので、もとからある障子を貼《は》りなおすための障子紙と糊《のり》を選び、いっぱいになったカートと台車をひとまず通路の隅に置かせてもらって、最後に僕らは布団売り場に行った。

いくら八人乗りのワゴン車でも、ほかのものをすべて積んだ上に布団三組まではとても無理そうなので、今夜のところは僕か丈のどちらかがコタツで寝ることにし、とりあえずペアでお安くなっている布団を買って帰ることにする。安いだけあって柄は今ひとつだったが、

「どうせカバーかけちゃうし、羽毛布団でこのお値段はありがたいもの」

かれんはそう言って、僕を呼び止めた。

「ね、ショーリ、見てみて」

両手に一つずつ、シングルサイズの布団カバーを選んでみせる。透明なビニールでパッケージされた、ブルー系のチェックと、シンプルな紺無地《こんむじ》。

「これとこれだったら、どっちが好き?」

何だか新婚さんの買い物みたいでちょっと照れるな、と思ったところへ、隣の通路を覗《のぞ》

きにいっていた丈が戻ってきて、いきなり露骨《ろこつ》にニヤニヤしだした。かれんの頬《ほお》がさっと染まる。

「……何よぉ」

「べーつに？　オレなんにも言ってないじゃん」

「言ってないけど、何か言いたそうじゃない」

「んー？　布団だけヤケに手間取ってるなーと思って」

「だ、だって、母さんだっていつか泊まりに来るし、いろいろサイズとかあって選ぶの大変なんだもの」

「ふーん、そう？」チェシャ猫《ねこ》みたいな丈のニヤニヤがますます大きくなる。「ま、この機会に二組買っとくってのは正解でしょ」

「どういう意味よぉ」

「そのうち誰かさんがあの家に通うようになってから、あらためて布団だけ買い足すってのもさ、なんつーかこう、わざとらしいっつーか、取って付けたみたいっつーか、よけい意味深《いみしん》っつーかさ」

「丈っ！」

「はいはい、どうもどうも、お邪魔《じゃま》虫《むし》ですいません。オレあっち見てくるから、どうぞごゆっくり」

言い残して、丈のやつは相変わらずニヤニヤしたまま行ってしまった。

その背中が通路の向こうに見えなくなったところで、かれんがやたらとちっちゃな声でつぶやく。

「んっとにもぉ……」

うつむいたうなじも耳たぶも、案《あん》の定《じょう》、真っ赤だ。言いたい放題の丈にもまあ腹はたつが、性懲《しょうこ》りもなく何だかんだと構いたくなる気持ちはよくわかる。ほんとにこいつは、からかい甲《が》斐《い》があるやつなのだ。

「そっちかな」

一つ咳払《せきばら》いして、僕は彼女が手に持ったままだった布団カバーの一方を指さした。

「……え?」

「その、紺色のほう」

「あ……うん。そうよね、うん、私もそう思った」

かれんはあたふたと、というかぎくしゃくと動き、それをカートに入れて要らないほう

を棚に戻すと、続いて、隣のラックにいくつもぶら下がっている枕カバーの包みに手を伸ばした。藍染《あいぞ》めっぽい絣模様《かすりもよう》と、グレーに白のピン・ストライプを取る。

「ええとじゃあ、これとこれだったら？」

「どっちもいいけど」と僕は言った。「とにもかくにも、その真っ赤っかの顔をどうにかしてくんない？　こっちまで照れるっての」

「ごっ、ごめん。でも、どうにかって言われても……」

蚊《か》の鳴くような声で言いながら、かれんが枕カバーで鼻から下を隠《かく》す。目だけ出してこっちをうかがっている彼女が、正直、身をよじりたくなるくらい愛《いと》しくてたまらない。うっかりすると、白昼の布団売り場で凶行に及んでしまいそうだ。

もう一つ咳払いをし、どうにか気を取り直して僕は言った。

「やっぱそっちがいいかも」

「これ？」

「いや逆。その、いま顔隠してるストライプのほう」

かれんは何やら物言いたげな目で僕を見ると、反対の手に持っていたやつと素早く入れ替えるようにして再び顔を隠しながら、そのグレーの枕カバーをカートに入れた。

「さ、これでおしまいね」そそくさと背を向ける。「早く行こ？　ここでばっかりぐずぐずしてたら、また丈にからかわれちゃう」

「おいおい、待てって。なんか忘れてないか？」

　ふり返ったかれんの頭を、僕は、ラックからもう一つ取ったグレーの枕カバーでちょんと小突《こづ》いてやった。

「……あ」

「お前の布団と枕だけカバー有りで――」言いながら、布団カバーのほうももう一枚、さっきと同じ紺のやつを取ってカートに放りこむ。「俺のは無しかよ？」

「お……俺のって」

「だって俺のだろ？」

「そんな、」

「なに？『母さんもいつか泊まりに来るし』ってか？」

「そ、そうよ」

「ふうん。じゃあ、カバーとかも俺の好みよりか、佐恵子おばさんの好みに合わせてやったほうがいいよな」

「………」

「しょうがない、もっぺん選び直すか」

どうする、うん？　と顔を覗きこんでやると、かれんは下唇をきゅっとかんで、上目づかいに僕を見あげてきた。顔の赤いのなんかさっきのでＭＡＸだと思っていたのに、どうやらまだ上があったらしい。

思わずぷっと吹きだしてしまった僕を見て、彼女の目がますます恨《うら》めしそうになる。

「ひっどぉい、ショーリ。またそうやって人のこと、」

「ごめんごめん」

「そんなんじゃごまかされないー」

「わかったわかった、よしよし」

くしゃくしゃと犬をかまうみたいに髪を撫《な》でてやりながらも笑いがこみあげてくる。

「ほら、行くぞ」

小さな頭のうしろにそっと手をあてて彼女をうながすと同時に、僕はカートを押して歩きだした。いくら口で謝ってみても、こいつをからかうのは当分やめられそうにないな、と思いながら。

晩飯は、買ってきたばかりのコタツの上に買ってきたばかりの茶碗や箸《はし》を並べ、これまた買ってきたばかりのカセットコンロをのせて鍋を囲んだ。ホームセンターの帰りがけに、高梨さんが気を利かせてスーパーにも寄ってくれたので、明日までの食糧をばっちり買えたのだ。

家から歩いてたどり着ける範囲には本当にささやかな店しかないから、ここで暮らすようになったら、食料品は勤めの帰りに駅のそばで買ってくるほうが良さそうだった。

「でなけりゃあ、うちの頼んでる生協で一緒に配達してもらってもいいしよ」

荷物を降ろすのまで手伝ってくれながら、高梨さんは言った。

「他にも何かあったらいつでも言いな。こっちも無理なことは無理って言うから、遠慮《えんりょ》なんかしねえでな。なあに、困った時ぁほれ、お互い様だっぺ？」

また前歯の隙間《すきま》をニッと見せて笑う高梨さんに、かれんと一緒になって頭を下げながら僕は、

（やっぱ今回は丈を引っぱってきて正解だったかもな）

と思った。佐恵子おばさんの心配の種は、かれんが隣に住むこのおじさんのことを話して聞かせるだけでもだいぶ減るだろうけれど、そこに丈という証人がいることで、安心感はもっと増すだろうからだ。

ちなみに、晩飯の鍋の中身は、その多くが地元でとれる魚介類だった。何しろ海のそばだけあって、どれもこれもびっくりするほど新鮮でしかも安かったのだ。

「三人で晩ご飯なんて、ずいぶん久しぶりねえ……」

せっかくかれんが感慨《かんがい》にふけっているというのに、コンロのつまみの側《そば》に座《すわ》った丈のやつは、一秒でも早く煮《に》えろとばかりにやたらと火力を強くする。

おかげであっという間にカセットのガスがカラッポになってしまったけれど、限界まで腹のすききった男二人がそれ以上の勢いでがっついたので、鍋の中身も早々にカラになった。最後に飯を入れて雑炊《ぞうすい》を作る頃には、白菜の芯《しん》とか、魚の切り身のカスくらいしか浮いていなかったくらいだ。

食後にほうじ茶を飲みながら、かれんが首をかしげた。

「一緒に住んでた頃も、こんなふうだったっけ?」

「こんなふうって?」

爪楊枝《つまようじ》をシーシーやりながら丈が訊《き》く。

「なんかこう、ピラニアと食事したみたいなっていうか」

「げ、ごめん」と僕は言った。「すっげえ腹減ってたから。お前、ちゃんと食った? 食えた?」

「んー。見てるだけでおなかいっぱいになっちゃったけど」

「マジで? 足りたのかよ。なんか作ってやろうか?」

「うそうそ、ちゃんと食べたわよぉ」

ふわんと微笑《ほほえ》むかれんを横目で見て、

「んもう勝利チャンたら、ほんっと過っ保護～」と丈が言う。「生存競争に勝った者しか生き延びられないってのは、基本中の基本っしょ？」

「自分がそうだからって、俺らまでアニマル扱いすんな」

言い返してやると、かれんはくすくす笑った。

テレビの電波の具合はあまり良くなかったけれど、とにもかくにも映ることは映った。地方局のＣＭがなんというかこう、ダサいというか古くさいというか良く言えばひなびた感じで、

「なんだかまるで、うんと遠いとこへ旅行に来たみたいねえ」

と嬉《うれ》しそうにかれんが言い、

「来てんだよ、うんと遠いとこへよ」

と丈がぼやいた。

かわるがわる風呂に入ったものの、まだ時間も早かったし、買ってきた布団の梱包《こんぽう》を解くのが面倒くさくて、再びコタツに足をつっこんでぐずぐず横になっていたら、やがて気持ちよさそうな寝息が聞こえてきた。もちろん、かれんだった。さすがに今日はくたびれたのだろう。

僕はコタツから出ると、電気ストーブをつけて隣の部屋を温めながら布団をほどいた。二つのうち一つを丈と奪《うば》い合ってジャンケンするという手もあったが、少し考えた末に、かれんのぶんだけ敷いて、男二人はコタツで寝ることにする。そのほうが、片方の布団を梱包のまま押し入れにしまっておけるし、明日干す布団も一組で済むわけだし。

そして、ちらっと思った。

いつか僕がここに泊まる日がくるとして――その夜も、もう一組の布団は必要になるんだろうか。それとも、いつか僕が冗談めかして言ったみたいに、かれんと一緒の布団に入れてもらうなんていう壮大な夢が叶《かな》ったりするんだろうか。まあ、今日の昼間の反応を見る限りでは、道はまだ果てしなく遠いような気もするけれど。

シーツをぴっしりとのばし、上掛けに紺無地のカバーをかぶせ、枕を置いて、(ま、わざわざこっちの好みを訊いてくれただけ進歩とするか)

僕は小さくため息をつくと居間に戻った。

「ほら、かれん。ちゃんと寝てきな」

「んん……」

「風邪《かぜ》ひくって」

「…………」

返事がない。

仕方なく脇《わき》に手を入れ、ずるずるとコタツから引っぱりだして無理やり座らせると、かれんはようやく目をこすってあくびをした。

「な、ほら。布団敷いたから向こうで寝ろって」

「んー……ありがと」

ほとんど這《は》うようにして隣の部屋へ行ったかれんが、ふかふかの布団にころんとくるまるなり、目を閉じたまま、くふふふ、と笑う。

「あったかぁい」

「気持ちいいだろ、こっちのほうが」

「ん。気持ち、い……」

電気のひもを引っぱって消し、

「おやすみ」

と言ってやると、

「おや……なさ……」

またたくまに、すう、と寝息が聞こえた。

再び居間に戻ってみると、丈のやつが、コタツの中からあきれたような苦笑いで僕を見あげてきた。

「何だよ」

「ぶぇーつにぃー」

「ふん。どうせまた、過保護だって言いたいんだろ?」

「なんだ、自覚はあるんだ?」丈はくすっと笑った。「でもま、いいんじゃないの? どうせもうじき、かまいたくたってかまってやれなくなるんだしさ」

黙っていると、

「さぁてと、そんじゃオレらも寝るとしますかね。あぁぁぁぁ疲れた。朝っぱらからさんっざんコキ使われたせいで体じゅう痛《い》てぇよ。労働基準法違反だよなーまったく」

「お前、もう歯ぁ磨《みが》いたのかよ」

「あ、うん、今日はまだいいや。おととい磨いたばっかりだから」

「げっ汚《きた》ねッ！」

　思わず引いた僕に、

「ンなわけないっしょ？　とっくに磨いたっつの。早く電気消しなって」

　言いながら丈はごろんと寝転がり、リモコンでテレビを消した。

　……ったく疲れるヤツだ。

　やれやれと首をふりながら電気のひもを引っぱって豆電球にしておき、僕も丈の向かい側からコタツに足をつっこむ。お互いちょっとずつ斜めに寝ることで、コタツの中での足の蹴《け》り合いが少しは避けられることがわかった。

　加湿器がわりにストーブにのせてある凹《へこ》んだヤカンが、しゅんしゅんとささやくような音を立てている。石油タンクはいっぱいにしてあるから、朝まで火が消えることはないだろう。

　仰《あお》向《む》けになってぼんやり豆電球を見あげていたら、ふと、前にもこんなことがあったのを思いだした。

　あれは、いつだったろう。

――そうだ、福岡《ふくおか》だ。単身赴任中だった親父《おやじ》のマンションに泊まって、初めて、かれんと付き合っていることを打ち明けたあの夜。あの時もやっぱり、頭の上にはこんなふうに豆電球が灯《とも》っていた。

と、そのとき、

「なあ」

ひどく低い声で丈が言った。

「……うん？」

「あ、悪い、寝てた？」

「いや、寝てないよ。何？」

「あのさ。姉貴は、どれくらいここにいるつもりなのかな」

（そんなことこっちが訊きたいよ）

そう言いたくなるのをぐっと抑える。

「さあな。まあ、国家試験を受けるとかの関係で最低三年ってのは確実だろうけど……その後のことまではどうだかな。無事に受かって資格が取れたからハイ辞《や》めますってもんでもないだろうし、それにほら、例のおばあちゃんのことだってあるわけだしさ」

「……ふうん」

「なんで」

「いや、なんでってこともないんだけどさ――姉貴もあれで、いっぺん決めちまうと頑固なんだなと思って」

「頑固？」

「だって、いくら自分の夢のためだってさ。三年以上も離ればなれになっちまうことがわかってんのに恋人待たせとくってのは……会社の転勤とかで仕方なくってことならともかく、自分で選んで行っちゃうってのは、なんつうか、普通あんまないじゃん」

「………」

「勝利、ちゃんと姉貴に、言うこと言ってやった？　もしかして、引き留め方に誠意が足りなかったんじゃねえの？」

「……てない」

「は？」

「引き留めて、ない」

「うそ」丈が、起きあがる気配がした。「それ、マジで？」

「ああ」

「え、でも、何か言うくらいはしたんでしょ？　離れたくないとか、他に方法はないのかとかさ」

「いや、べつに。……まあ、そうは言ってもとっくにバレちまってるけどな。俺が万々歳で送りだすわけじゃないってことは」

　だからこそ、よけいにやりきれないのだ。どっちにしろかれんの意思を尊重するんだったら——というか、彼女にすべてをあきらめさせてもなお後悔させないくらいの自信がないのなら、せめて、こんな情けない自分を見せたくはなかったのに。最初から笑って送りだしてやりたかったのに。

「すっげえ根本的なこと訊くけどさあ」と丈が言った。「勝利は、ヤじゃねえの？　姉貴と離れんの」

　僕が答えずにいると、丈はやがて、あきれ返ったような深いため息をついて、またごろりと横になった。

「ったく、どっちもどっちだわ、こりゃ」

「何が」

「片っぽは史上最強のニブチン。片っぽは史上最強の見栄っぱり。そんなんじゃ、姉貴ひとりを責めらんねえってこと」

「責める？　あいつを責める気持ちなんて、俺にはないよ」

むしろ、責められているような気分に陥《おちい》ることだったらある。かれんのほうにそのつもりはまったくなくても、僕が勝手に自分を追いこんでしまうのだ。かれんは持っていて自分は持っていないもののことを考えては、焦《あせ》って、空回りして、落ちこんで。

でも、それを丈に話したからといって、真意が伝わるとは思えなかった。自分で自分に説明することすらできない感情を、どうして人に説明できるだろう？

（史上最強の見栄っぱり、ね）

思わず苦笑いがもれた。実際にはその見栄だって、必死で張っているのだ。いいかげんギリギリまで張りつめすぎて、とっくに破れかかっているのだ。

「なあ」何やら遠慮がちに丈が訊く。「そういうのってさ。しんどくねえ？」

「………」

「遠く離れてたって何だって、親子とか家族でいるのは全然苦労しねえけどさ。ずっと離れたまんまで恋人でいるのは、やっぱ何つうか、キツいもんがあるじゃん。オレだったら絶対考えらんねえよ。そんくらいなら、いっときの見栄なんてかなぐり捨てても引き留めるけどなあ」

「……どうしてなんだろうな」

「え？」

「どうして、親子とか家族みたいなわけにはいかないんだろうな」

相手のことを想うその瞬間の気持ちは、家族へのそれより強いくらいなのに——なのにどうして、遠距離恋愛ってやつは難しいんだろう。

もしかして、想いの強さが裏目に出てしまうんだろうか。そう、たとえばまるで晩飯のときに丈が強火にしすぎたカセットボンベみたいに、一度に激しく燃やせば燃やすだけ、燃え尽きてしまうのも早くなるってことなんだろうか。

でも——人間はボンベとは違う。いや、たぶん違うはずだ。誰かを想う気持ちの総量があらかじめ決まっているというのなら、僕のかれんに対する気持ちなんてとっくに燃え尽きていたっておかしくない。何しろ、最初からただの一度も火が弱まったためしなんてないのだから。

がらにもなく気を遣《つか》ったのか、丈は黙りこくっている。

「起きてるか?」

「……寝てる」

減らず口を無視して、逆に訊いてやった。

「お前こそ、最近どうなってんだよ、京子《きようこ》ちゃんとはさ」

かつて京子ちゃんが恋をしていた先輩との、例のディズニーランドでの一件——さすがの丈もショックだったのか、あの時ばかりは僕を外に呼びだして本音を吐露《とろ》したものの、それから後は一度もそのことに触れようとしない。というか、以来、京子ちゃんとの仲で悩んでいる素振《そぶ》りなんか毛ほども見せたことはなかったし、前に佐恵子おばさんから聞かされたところでは、時には学校の帰りに京子ちゃんが花村家に寄って夕飯を食っていくこともあるようだ。

だから、やがて返ってきた丈の答えは、僕にとっては意外なものだった。

「正直、よくわかんねっス」

「わかんないって、何が?」

「……」

「京子ちゃんの気持ちが? それとも、お前らの関係がこの先どうなるかってことがか？」

「うーん……両方？」

「しいて言えばどっちサイドの問題なんだよ」

「どっちかって言うと、まあ、あっちの気持ちの問題が大きいかな」考え考え、丈は言った。「オレはさ。オレは、何だかんだ言ってもずっと好きだしさ」

照れる様子もなく言ってのける。

「けど、あいつのほうは、いっときの罪悪感から楽になりたくて洗いざらいオレに打ち明けたものの、ほら、オレあの時あんまりうまく平然としててやれなかったじゃん。そのせいで、今度はオレが全部知ってるってことが……オレを思ったより深く傷つけたらしいってことそのものが、あいつにとって重荷になっちまったっていうか。そういう感じ？」

わからないではなかった。わからないではないけれど——でも、ちょっと勝手すぎるんじゃないのか、と思ったら、

「なんか、勝手だなあとは思うんだけどさ」丈が苦笑混じりに言った。「けど、その正直さがあいつのいいとこでもあるし。あいつだって、もしオレのこと全然好きじゃなかったら、あんなこと最初から打ち明けたりしなかったろうし、今になって悩んだりもしてない

と思うわけ。たとえ駆け引きっぽい要素が少しはあったとしたって、それだってオレの気持ちをもっと確かめたかったからなんだろうし。……よくさ、『お互いに好きなだけじゃどうにもならないことだってある』なんて言うヤツいるじゃん。ほら、ドラマとかでもさ。ああいうの、勝利、どう思う？」

少し考えて、僕は言った。

「まあ、一面、真理かもな」

「ふうん」

「お前はどうなんだよ」

「オレは――オレはそんなの、信じないもんね」むきになったような口調で、丈は言った。「お互いほんとに、ほんとぉーに好きだったら、絶対何か方法はあるはずだよ。どうにもなんないのは気持ちが足んないんだよ」

「………」

「とにかく、引き続き頑張っちゃいるよ。オレって見かけによらず、思いこんだらけっこうシツコイんだわ。ははは」

「もろ、見たまんまじゃんかよ」

「えーそうかあ？　見たとこサッパリ系じゃねえ？　来る者拒《こば》まず、去る者は追わず、みたいな」

「去る者にはすがりつく、の間違いだろ」

「……そっか。言えてるかもな」

「ばか、冗談だよ」

丈が鼻を鳴らして笑う。

「わかってるって。——まあ、とりあえずさ。今の時点で、オレがあいつにしてやれることは全部してるつもりだし。ここまでやってもダメんなっちまうっていうならもう、その時はしょうがねえっしょ」

そうして、やつはぽつりと付け足した。相手の気持ちばっかりは、どうにも出来ねえもんな、と。

*

駅前の土産物屋《みやげものや》で、花村のおじさんのビールのアテに『くじらのたれ』を買い、佐恵子おばさんには『まるごと枇杷《びわ》ゼリー』を買い、京子ちゃんへのマグカップをイルカの柄に

するかラッコの柄にするかで真剣に悩んでいる丈を急《せ》かして決めさせ、四時台の特急になんとか乗りこんだ。

やたらと元気なジジババの団体客が先に乗っていたおかげで、〈わかしお〉の自由席禁煙車両はみっちりと混みあい、来たときみたいに座席を向かいあわせにするどころか、すぐ近くに三つ空《あ》いた席を見つけるだけでも苦労するほどだった。二人がけの席の窓側はほとんど一人客が座ってしまうから、ようやく僕らが腰を落ち着けることができたのは、通路をはさんで隣り合った二つの席と、その後ろの列の同じく通路側だった。

「やっぱ、ラッコのほうがよかったかもなあ」

と、後ろに座ったとたんに丈がぼやく。

「まだ言ってんのかよ。いいじゃないか、女の子って好きだろ、イルカ」

「けどさあ、ちょっとありきたりっていうか……」

言いながらガサガサと袋を覗きこんだ丈が、げえっ！　と周りの人までふり向くくらいの声をあげた。

「何だよ、変な声出すなよ」

首をねじった僕とかれんに、袋からつかみだした四角い包みを黙って向けてよこす。目をこらすと、包みの端っこに小さく〈マンボウ〉とシールが貼ってあるのが見えた。マグカップを買う場合は、サンプルの後ろに並んだ包装済みの箱をレジに持っていくようになっていたのだが、どうやらその時に隣のと間違えたらしい。

ゴトン、と動きだした窓の外を恨めしげに眺《なが》めやりながら、

「勝利があんなに急かすからじゃーん」情けない声で丈がぼやいた。「どうしてくれんだよ。なんでわざわざマンボウなんだって訊かれたら、何て答えればいいんだよぉ」

「『キミのふくれっつらにそっくりだったから』とでも言ってやれよ」

かれんがぷっと吹きだす。

「もしかして勝利、オレらの破局を望んでる?」

「そうじゃないけどさ。ありきたりなのはイヤなんだろ?　ちょうどよかったじゃないかマンボウで」

やがて、ゆるやかに湾曲した鴨川の砂浜が右手後ろに遠ざかり、いくつものトンネルや切り通しを抜けた列車が勝浦《かつうら》にさしかかる頃には、海はとっぷりと夕暮れの底に沈んでいた。海辺の大きなホテルの窓に飛びとびに灯る明かりと、沖合いの漁《いさ》り火《び》が同じ色をしていて、なんだかせつなかった。

昨日からけっこうハードに動き回ったせいか、自分で思うより疲れていたらしい。弁当を食って腹がいっぱいになるのと同時にまぶたが重くなり、次にふと気がつくと、さっきまで車両じゅうに充ち満ちていた団体客のおしゃべりは消え失せて、隣の窓側に座っていた男性客の姿もなかった。僕をまたいで降りていくのにも気づかなかったなんて、ずいぶん深く寝入ってしまったものだ。

右側を見やったが、かれんの姿もない。トイレにでも立ったのだろうか、窓側の客だけが口をあいて眠りこけている。

今どのへんだ？ と思いながら、まだ眠いまぶたの隙間から腕時計を見る。東京到着まで、あと二十分ほど……ということは、蘇我《そが》を出てしばらくたったあたりか。

と、

「いっぺんも止めなかったんだってな、勝利」

真後ろから、いつもより低い丈の声が聞こえてきて、とたんに眠気が吹っ飛んだ。

「だからって、平気なわけはないんでさ」

「……ん。それは私もわかってるんだけど」

耳になじんだアルトも、いつもより小さい。僕は、寝たふりのまま二つの背もたれの隙間にじりじりと頭を寄せ、耳を澄《す》ませた。

「ほんとにわかってんの?」と丈が言う。「本音のところでは引き止めたくてたまんないんだけどやっぱそれはしたくないっていうか、ここで縛《しば》りつけるわけにいかないっていうかさ。そういうオトコゴコロのつらさみたいな部分も、ちゃんと感じて汲《く》みとってやってほしいわけよ。オレが勝利の立場でもやっぱそう考えただろうとは思うけど、真似《まね》できたかどうかはわかんねえし。とくに勝利ってほら、そういうとこ意地っぱりっつうか見栄っぱりでなかなか口に出さないほうじゃん。姉貴のほうから察して歩み寄ってやんなかったら、いつか一人で煮詰《につ》まっちまうっていうか、自爆しちゃうっていうかさ」

よっぽど後ろを覗いて、悪かったな、と言ってやろうかと思ったのだが、

「姉貴だって大事に思ってんだろ? 勝利のこと」

「そ、そりゃ……」

「離したくなんかないだろ?」

「………」

どきどきしながら息を殺していると、

「ったく、弟相手にいちいち照れててどうすんだよ」苦笑混じりの声が言った。「姉貴が

そういうの苦手なことはわかってるけどさ。ほんとに離したくないんなら、追っかけさせるだけじゃなくて、姉貴のほうでも気にして、ちゃんとつかまえてなきゃダメなんだかんな？　油断してるとあっというまに横からさらわれんぞ。あんなんでもけっこう、ピンポイントでモテるみたいだし」

「うん。知ってる」

あ、い、い、い、あんなんでもって何だ、あ、ん、な、ん、で、も、って、と思ったところへ、
つぶやくようなかれんの声にギクリとする。

「……ねえ」

「あん？」

「ほ……ほんとに、待っててくれるかな、ショーリ」

「そういうことをなんでオレに訊くかなあ」あきれたように丈のやつは言った。「本人に訊いてやりゃいいじゃんよ」

「でも、そういうふうに訊いたら、きっとショーリは『当たり前だろ』って言ってくれると思うのよね」

「なんだよノロケかよ」

「ち、違うわよ」

「いいッスよー、それならこっちもそのつもりで聞くから。ハイどうぞ」

「違うったらっ」

　声が大きくなってしまったことにハッとしたのか、かれんはしばらく黙り（たぶんこっちの様子をうかがい）、それから小声に戻って続けた。

「だって、ふつう面と向かってそんなふうに訊かれたら、『待たないよ』とは答えられないじゃない。それをわかっててわざわざ訊いたりするのは、何だかこう、無理やり答えを言わせてるみたいでイヤじゃない。だから本人にだけは訊けないっていうか……ショーリだってあんまりいい気持ちしないだろうし」

　はあーっと、丈が聞こえよがしのため息をついた。

「ほんっと姉貴って、オトコゴコロに疎《うと》すぎ」

「え、どうして？」

「まあ、そうやって駆け引きそのものがハナから出来ないってのも、姉貴のいいとこなんだろうとは思うけどさあ。だけど、こういう場合に姉貴のほうから『待っててくれる？』って訊かれて、勝利がヤな思いなんかするはずねえじゃん。ってか逆に、いちばん訊いて

欲しいことかもしんないぜ？」

「……そう、かなあ」

「そうだよ。オレが保証するって。こんど訊いてみな」

「丈の保証じゃ不安だけど」

「ちぇ、言うと思ったよ」

それから少しの間《ま》があったあとに、

「ねえ、丈」

かれんが、ためらいがちにささやいた。

「んー？」

「あのね……。その、つまり……これまで、」

「っと待った」と丈がさえぎる。「『これまで色々ありがとね』とか言うのはナシだかんな」

「うそ、ど、どうして、」

「わかったの、ってか？　そりゃあ、感謝されて当然のことはしてきたもんさあ。姉貴と勝利がなんとか無事にソーシソーアイになれたのも、ここまで続けてこられたのも、ぜーんぶオレ様のおかげ。そりゃ大前提。けどほら、感謝の気持ちってのはやっぱ、言葉じゃなくてカタチで表してもらわねえとさ」

「カタチ?」

「だから、モノとか、カネとか? あ、やっぱカネのほうがいいや。ちなみにお年玉なら、一口一万円から受付中」

今度聞こえた深いため息は、かれんのものだった。

「取り消し」

「何が」

「感謝の気持ち」

エッ何だよ、その程度なのかよ姉貴の感謝って! と憤慨《ふんがい》する丈の声に、まもなくの到着を告げる車内アナウンスがかぶさって聞こえる。

「ショーリ。そろそろ着くって」

かれんが後ろからそっと声をかけてきた。

はたして、今度のイヴの夜、彼女は僕に訊くだろうか。

(待っててくれる?)

――と。もちろん、答えははじめから決まっているけれど。

「ショーリってば、ねえ、ほら起きて」

揺《ゆ》り起こす優しい声に、僕は、たったいま目が覚めたふりで大きな伸びをした。

7

学校までかれんを迎えにいくのは、けっこう久しぶりだった。

僕自身が三年間通ったこの道を歩くと、いろんな思い出がごちゃまぜになってよみがえってくる。午後の日が斜めにさしこんだ教室の感じとか、そこで一緒に騒いだ悪友たちのこととか、キツくても楽しかった部活のこととか、教頭のイヤミとか、そしてもちろん、美術の授業中に居眠りした〈花村先生〉の寝顔とか……。

そういえば、中沢《なかざわ》氏ともしばらく会ってないな、と思う。

べつに進んで会いたいわけじゃないけれど、今夜だったら何となく、そのへんでばったり顔を合わせたってかまわない気分だった。クリスマス・イヴの夜にかれんとの約束を取りつけたのが自分だということで、我ながらいささか気が大きくなっているのかもしれない。

彼女が春には辞《や》めることを、中沢氏はもう聞かされているんだろうか。

(そりゃそうだよな、同僚なんだから)

辞めてしまえば二人の接点はとりあえずなくなるわけで、そのことに僕は正直ホッとしていた。佐恵子おばさんの手前、かれんは今も中沢氏と付き合っているような話になっていて、そのおかげで助かることもたくさんあるけれど、あまりいい気分ではなかった。嘘《うそ》から出た真《まこと》、なんて言葉もあるくらいだし……。

気が大きくなってるなんて言うわりには何にともなくため息をつきながら、いつかのように校門の外のガードレールに座《すわ》って待つ。空はよく晴れて、大きな月が出ていた。

と、やがてかれんが玄関を出てくるのが見えた。誰だろう、同じ年格好の女性と連れだってこっちへやってくる。

「あ、ショーリ」僕を見つけるなり、かれんはすまなそうに言った。「ごめんね、待たせちゃって」

その後ろから現れたのは、保健室の桐島《きりしま》先生だった。

「こんばんは、和泉くん」

いきなり親しげに挨拶《あいさつ》され、慌《あわ》てて、お久しぶりです、と頭をさげ返す。

びっくりした。いくら部活中の怪我《けが》で世話になったことがあるとはいえ、名前まで覚えられているとは思わなかったのだ。

相変わらずきれいな先生だった。かれんと比べると何というか、きりっと強い感じの美人だ。めったに笑わないから初めは取っつきにくく感じるものの、処置は的確で、話してみれば気さくな人で、陸上部の男子の中にはファンを自認するやつまでいたほどだった。たとえば、矢崎《やざき》とか。

「桐島先生、明日はもうお休み?」

と、かれんが言った。

「うん、ひと足お先にね」

「じゃあ、良いお年を」

言いながら僕の隣に並んだかれんを見て、桐島先生は微笑《ほほえ》んだ。

「そちらこそ、良いお年を。でも、まずは素敵なイヴをね」

ちょっとからかうようなニュアンスで言われたのに、照れたようにうなずいて、遠ざかっていく先生に手をふるかれんを見て、またちょっとびっくりした。けげんな顔で見おろす僕に気づいたらしく、かれんが慌てたように言《い》い訳《わけ》する。

「ほら、あの、私たちがイトコ同士だって知ってるし」

「あ、うん。そっか」

そういえば当時、僕らの間柄《あいだがら》や、一つ屋根の下で暮らしていることは、生徒たちには内緒だったが先生たちはみんな知っていたのだ。

「それにね、付き合ってるってことも知ってるから」

「そうだよな。——えっ？」

「桐島先生にだけはね。話しちゃったの」

今度はちょっとどころじゃない。ものすごくびっくりした。

「勝手にしゃべっちゃってごめんね」かれんはおずおずと言った。「前にショーリが私たちのこと人に話したときは、あんなえらそうなこと言ったのに。あの……イヤだった？」

「まさか、イヤなわけないよ。むしろ嬉《うれ》しいくらいだけど——」

お前にしちゃめずらしいなと思って、と言ってやると、かれんはようやく安心したように、ふふっとくすぐったげに笑った。

「内緒だけど、桐島先生が付き合ってる彼氏もね、わりと年が離れてるみたい。彼女って

ば秘密主義でなかなか詳しいことは教えてくれないんだけど、そのくせあんまり聞き上手《じょうず》なものだから……誘導尋問に乗せられて、つい話しちゃった」

「どんなふうに？」

「え？」

「どんなふうに話したのさ」

「んー。……それは内緒」

「いいじゃないかよ」

「だーめ。女同士のヒミツ」

「ちぇ」

でもね、と小さい声でかれんは続けた。

「誘導尋問にまんまと自分から乗っちゃうくらい、ほんとは私も話したかったんだと思うの。誰かに、ショーリとのこと……」

隣を歩く彼女の手をさがして、ぎゅっと一度だけ握る。

僕との間のことを、そして僕という男のことを、かれんは女友達に向かっていったいどんなふうに語るんだろう。時にはのろけたりもするんだろうか。それとも、僕には言わない愚痴《ぐち》をこぼしてばかりなんだろうか。

隠《かく》れて本音を聞いてみたい気がした。それこそ、鴨川から帰る電車の中でのように。

大学の近くの駅まで移動してから、前もって予約を入れておいた小さなビストロで食事をした。奥まったテーブル席で、個室ほどとはいかないまでも、フロアとの間についたてが立ててあるおかげでゆっくり落ち着ける。

「なんか、照れちゃうね」

かれんがテーブルの上のキャンドルばかり見つめているのは、向かいあった僕と目を合わせるのが恥ずかしいせいらしい。

「なんで今さら照れるんだよ」

「だって、こんなふうに二人っきりで食事って初めてだし」

「メシなんか、しょっちゅう二人で食ってるだろ」

「そういうのとはまた違うでしょっ」ぷくっとふくれて、鼻の頭にしわを寄せる。「んもう、デリカシーなさすぎ」

「うそうそ、冗談だって」

そういう僕自身もこの店にイヴの夜の予約を入れた時は、〈二人です〉と告げながらけっこう恥ずかしかったりしたのだけれど、そのへんはまあしらばっくれることにする。

運ばれてきた前菜を前に、一応最初だけはとグラスワインで乾杯すると、かれんはおもむろに紙袋の中からごそごそと包みを取りだして、テーブル越しに僕に渡してくれた。いくら彼女でもたったひと口で酔《よ》ったわけでもなかろうに、ひどく赤い顔だった。

開けてみると、それはなんと手編みの青いセーターだった。しかも、ただの手編みじゃなくて毛糸まで手染めだった。

「なんかね、クリスマス・プレゼントとしてはありふれてるし、今どきこんなものあげたりしたら男の人って引いちゃうのかな、とも思ったんだけど」

「引くわけないだろ、俺が」

「ん。丈にもそう言われた」

「……あ、そ」

「夏にね、庭で育てた藍《あい》で、毛糸だけ先に染めておいたの。そんな早くから準備したわりに、最後のほうは焦《あせ》って編んだから、ちょっと目が詰《つ》まっちゃったけど、ごめんね。でも言われなかったらあんまりわからないでしょ？」

言われたって全然わからないよ、と僕は笑った。

なるほど、そんなに好きでもない相手から、手染めで手編みのセーターなんてプレゼントされた日には引くかもしれない。でも、かれんがくれるなら話はまったく別だった。この一枚のために彼女がどれだけの時間を費《つい》やしたかと思うと、何よりもその気持ちが嬉しくて、胸が熱くなった。たとえ編み目なんかとびとびで袖《そで》が片方しかなかったとしても、それでも僕は喜んで着ただろう。

ついたての向こうをちょっと気にしながら、それまで着ていた黒っぽいセーターを脱いで、もらったばかりのを頭からかぶると、

「よかった、似合う似合う」かれんは顔の前で小さく手をたたいた。「サイズ、きつくない？　大丈夫？」

「ばっちし。よくわかったじゃん」

「前に部屋へ遊びに行ったとき、置いてあったトレーナーをささっと測ったの」

「なんだ、言ってくれりゃジツブツを測らせてやったのに。何なら全部脱いででもさ」

「そ、そういうことを、こういうところで言わないでくれる？」

かれんは案《あん》の定《じょう》うろたえて目を泳がせながら言った。

ウエイターが水のグラスを二つ運んできた。細かい水滴のついたミネラルウォーターのボトルを、そのままテーブルに残した彼が向こうへ行ってしまうまで待ってから、

「あのさ。プレゼントだけど、俺のほうは後でもいいかな」

「え？　あ……」かれんはにこっとした。「もちろんよ。嬉しい、ショーリも用意してくれたんだ」

「そりゃそうっしょ」

「なんだろ。楽しみ……」

そこへスープが運ばれてきてしまったので、僕らは慌てて食事に取りかかった。

前菜の皿にのっていた野菜のコンソメゼリー寄せと、サイマキ海老《えび》のカクテルがなかなかこしゃくな味だった。

*

デザートまでしっかりたいらげて満腹になり、店を出て歩きだした頃には、外はずいぶん気温が下がっていた。これで天気が悪かったらホワイト・クリスマスになっていたかもしれない。そういうのを天気が悪いと言うのかどうかはわからないけれど。

「これ、どこへ向かってるの？」

最初のうちこそそう訊《き》いたかれんも、途中で行き先に思いあたったらしい。

前に二人でここを歩いた時は、真夏で、しかも真昼で、ものすごく暑くて、でも途中から雨に降られたんだよな——そう思うと、ひどく感慨《かんがい》深いものがあった。あれから、ほぼ一年半。僕らはそれこそ、これからどこへ向かおうとしてるんだろう。

冬休み中にもかかわらず、駅からキャンパスまでの道は学生で混雑していた。授業のある平日より混んでいるほどだ、というのはさすがに言い過ぎかもしれないが、予想していたよりも人出はずっと多かった。車道にまではみ出して騒ぐサークル仲間っぽい連中もいるにはいたが、狭《せま》いガードレールの内側をおとなしく流れのままに歩いていく多くはカップルだった。

道の左側には、高い塀《へい》が延々と続いている。その塀が正門のところで途切れたとたん、あたりがふわっと虹色に明るくなった。

かれんが歓声をあげ、そのまま声を失って立ちつくす。僕がここ数日、何度も思い描いていた以上の反応だった。

本館へ続く道の両側にそびえたつ、ヒマラヤ杉のクリスマス・ツリー——隅々《すみずみ》まで点灯

された二本の巨大なツリーはまるで、色とりどりの光を積みあげて築いた尖塔《せんとう》のようだ。それを茫然《ぼうぜん》と見あげているかれんの頬《ほお》にも、それに彼女が大事に着ているあの白いダッフルコートにも――ツリーのイルミネーションが投げかけるオレンジやピンクやブルーの光がほのかに映って、淡いまだら模様を作りだしている。

「……これを見せに、連れてきてくれたの？」

ふわふわの手袋のなかにそっと息を吐《は》きながら、かれんがつぶやく。行き交《か》う人々のざわめきの中でも、その小さな声は不思議なくらいはっきりと僕の耳に届いた。

「寒い中、わざわざ歩いてきた甲斐《かい》あったろ？」

かれんはこっくりうなずき、

「……れしい」

「え？」

「すごく、嬉しい」

こっちをふり返って、にっこりした。色とりどりの光の球がかれんの向こうで溶けあってにじみ、まるで彼女込みで一枚のクリスマス・カードみたいだった。

奥のチャペルの方角から、オルガンと賛美歌が聞こえてくる。聖夜のミサが始まってい

るらしい。

かれんをうながして歩いていき、開け放たれた後ろのドアから覗《のぞ》いてみると、すでに席は俄《にわか》クリスチャンの恋人たちでいっぱいだった。

混みあう入口付近から少し離れ、中の明かりがあまり届かない暗がりまで下がって、レンガの壁にもたれかかる。

「ごめんね。私が食べるの遅かったから」

と、かれんが情けない顔をした。

「俺はいいけど、ここで寒くないか？」

「大丈夫」

僕らはしばらく無言のまま、賛美歌に耳を傾《かたむ》けた。このひと月ばかり街のいたるところで華々《はなばな》しく鳴り響いていたおなじみのメロディも、パイプオルガンと聖歌隊の声で奏《かな》でられるとまったく違う印象をもたらしてくれる。

それにしても今夜の冷えこみは厳しい。

僕は自分のコートの前を開け、かれんのひじをそっと引き寄せた。

「……なに？」

黙って彼女の体を後ろから抱え、コートの上からコートで包みこむようにすると、

「や、だめだってば、こんなとこで」

かれんは身をよじった。

「なんで」

「だって、ミサの最中にこんなこと」

「なに」

「ふ、不謹慎《ふきんしん》っていうか」

「そんなことないって。キリスト教ってのは『愛の宗教』なんだろ？　なら、賛美歌聴きながら好きな相手と抱きあったって怒られやしないよ」

「そ……そうかなあ」

「見てみろよ。みんな同じようなことしてる」

実際、そのへんにたたずむカップルはみんな、寄り添って肩を抱いたり、相手の腰にしっかりと腕をまわしたりしている。この国のクリスマスなんて、子どもと恋人同士のためにあるようなものなのだ。

僕だってふだんは、人目もはばからずいちゃいちゃするような付き合い方は好きじゃな

いほうなのだけれど――でも、何にだって例外はあるし、今夜だけは特別だった。

イヴだからという意味だけじゃない。これまで僕らは、というか僕は、いつだって人目ばかりを気にして、顔見知りに出くわすような危険性のあるところではかれんの肩を抱き寄せるどころか手をつなぐことさえ出来るだけ我慢してきた。誰かに僕らの間柄を訊かれた場合も、あくまでも単なるイトコ同士だと言い張ってきた。

もともと秘密の仲なんだから、仕方ないといえば仕方ないのはわかっている。でも、こんな夜は――こんなに寒くて、一年に一度しかない聖なる夜で、しかもあと数日のうちにはしばらくだけれど彼女と離ればなれになってしまう、そんな時くらいはせめて、ふつうの恋人同士でいたいじゃないか。人目なんか気にすることなく、腕の中のかれんのことだけ考えていたい、そう願ったってバチは当たらないじゃないか……。

僕に根負《こんま》けしたのか、それとも例によって固まっているのか、すっかりおとなしくなったかれんの頭が、僕のコートの襟元《えりもと》からぴょこんとのぞいている。まるでカンガルーの親子にでもなったみたいだ。

チャペルの入口のアーチ形をした光が、たたずむ人々の足もとを照らしている。正門のほうからわいわいと騒がしくやってくる学生たちも、このへんを通る時だけは、何かにひるんだように声を落とす。

もしかしてオルガンの響きには、癒《いや》し効果みたいなものもあるんだろうか。なおもしばらく耳を傾けているうちに、かれんの体からだんだんと緊張が抜けていくのがわかった。

やがて、賛美歌が途切れて司祭の祈りの言葉が聞こえ始めたのと同時に、彼女はことん、と僕の胸に頭をもたせかけた。

「ねえ」

「うん？」

満ち足りた気持ちで見おろしたとたん、一瞬ぎくっとなる。見あげてくる小さな顔が、僕を〈背もたれ〉にしたあの夜の星野とまるきり同じ角度だったからだ。

「……どうかした？」

と、かれん。

「いや、べつに」どうにかとぼけてみせた。「なんで？」

「なんかちょっと、へんな顔してたから」

「悪かったな。もとからだよ」

クスクス笑うかれんの体の揺《ゆ》れが、ぬくもりとともに僕の体にダイレクトに伝わってく

る。相変わらずの我慢大会だな、と思いながら、僕は脳裏からよけいなことを追い払った。

「で、何言いかけたのさ」

「あ、そうそう。ねえショーリ、もしかしてまたちょっと背が伸びた？」

「どうだろ。ここんとこ測ってないけど」

「ぜったい伸びたわよ。測ってみたら？」

「わかんのかよ、そんなの」

「わかるわよう」かれんは自信満々で言った。「目線の位置が、前よりちょっと高くなったもの。大学生になっても背が伸びるなんて、びっくり。すごいねえ、男の子って」

「男の子言うな」

口では細かいことに文句をたれながらも、じつをいうと、何だかひたひたと嬉しかった。脇腹《わきばら》のあたりを優しくくすぐられたみたいな感じだった。

自分の背が伸びた（かもしれない）ことなんかより何より、かれんが僕という人間のごくわずかな変化にもこうして気づいてくれることや、気づくくらいにふだんからちゃんと見ていてくれること、そして何より、それを言葉にして伝えようとしてくれることのすべてが、じんわりと胸にしみてくる。

とは言うものの——あえて穿《うが》った見方をするならば——こんな何でもないような言葉にここまで舞いあがってしまうのは、僕が何より聞きたい種類の言葉を彼女がめったに口にしてくれないからでもあるのだった。といって、もちろんわざと焦《じ》らしているわけじゃないこともわかっている。誰が何と言おうと、こいつに恋愛面での駆け引きができるとは思えない。

かれんを抱きかかえ、ひんやり冷たいその髪に鼻先を埋めながら、僕は胸の中で自分に言い聞かせた。好きだとか、愛してるとか、その程度の言葉じゃ全然足りない——それはたとえば彼女とキスを交わすたびに、お前自身がいつも感じていることじゃないか、と。

言葉は、気持ちには追いつけない。

だったら、かれんからの言葉だって、無理に欲しがる必要はないはずだ。

間近で見つめ合うたびに染まる彼女の耳たぶや、キスをする時に震《ふる》えるまつげや、おずおずと触れてくる指先や——そういうものを目にするたびに、充分すぎるほど伝わってくるじゃないか。彼女が同じ気持ちでいるってことくらい……。

根っから純情で、照れ屋で、今どきちょっとあり得ないくらい奥手な彼女を相手に、ともすれば簡単に自然発火しそうになる男としての衝動をセーブするのは正直言ってめちゃ

くちゃつらい時もある。でも、そうして我慢してきたことを、僕は後悔していない。世間的な標準に比べればずいぶんゆっくりと進んできた僕らの関係は、けれど費やされた時間のぶんだけ、お互いの間に大事なものをもたらしてくれている気がするからだ。はっきりとした言葉になどなりようもない、それでも何か特別なものを。

再び流れ始めた賛美歌の旋律に、気持ちの柔らかい部分をきゅっとつままれる。ミノムシみたいにくるみこんだかれんの耳もとに、そっと唇を寄せた時だ。

「あれぇ、和泉じゃねえ?」

かれんがビクッとなって僕のコートから飛びだした。その手をとっさに強く握ってそばに引き戻しながら見ると、本館下の通路のほうからこっちを透《す》かし見ているのは、安西と岸本だった。

振りほどこうとするかれんの手をなおさら強く握りしめ、

「よう」僕は近づいてくる二人のほうに顔を向けた。「何だよ、今年もお前たち二人だけかよ」

「るせえっつの。和泉こそ、わざわざ一人でミサなんか見に来たんだ? 案外ミーハーじゃん」そばまでやって来た安西が、寒そうに両手をもみ合わせた。「よっしゃ、こうなったら寂《さび》しいもん同士でいっちょ飲みに行……」

そこで初めて、僕が〈一人〉ではないことに気づいたらしい。

「えっ。何、うそ」

おかしいほどうろたえて目線をさまよわせる安西の横で、いつでも冷静な岸本が、

「もしかして……（お前のコレ？）」

後半は小声で言って、こっそり小指を立ててよこす。

短くうなずき返した僕の手を、ようやく振りほどくことに成功して、かれんは慌てて二人にぺこんと頭をさげた。

「あ、どうも……」何やらほうけたように、安西が言った。「えっと、その……どうも」

「今来たとこか？」

と僕が訊くと、

「いや、もう帰るとこ」と岸本が言った。「和泉はまだいるだろ？」

「ああ」

「気がつかなくてさ。邪魔《じゃま》して悪かったな」

「いいよべつに」

「んじゃ、お先に。ほら行くぞ、安西」

「あ、うん。えっと、悪い和泉。ごめん」

「いいっての」

岸本はポケットに両手をつっこみ、安西はしきりにこっちを拝《おが》むような仕草をしながら、でもどちらも同じくらいそそくさとした足取りで行ってしまった。

やれやれ、と見送る。これで休み明けの僕の処遇は決まったようなものだ。どうせ、尾ひればかりか背びれまでついたような噂《うわさ》を流されて、部員連中からさんざんいじめられるんだろう。

でも、自分でも不思議なくらい、気まずさを感じなかった。ちょっと面倒くさいなと思う一方で、なんというか、晴れがましさに似た気持ちもあった。

〈お前のコレ?〉

かれんには失礼な訊き方だったと思うけれど、岸本が迷いもなくそう口にしてくれたことに、僕は正直、けっこう感動していた。まあ、このシチュエーションでそれ以外の可能性を思いつけというほうが無理かもしれないが、それにしたって、これまでは僕らを見るなり恋人同士だと判断してくれたやつなんて一人もいなかったのだ。

「あいつら、同じ部の連中なんだ」かれんに向き直って、僕は言った。「しょっちゅうつるんでメシとか食ってる」

「…………」

「なあ、せっかくだしさ。ちょっとそのへん散歩してみる?」

言いながら顔を覗きこむと、彼女はなぜか、ぷいっとそっぽを向いた。

「なんだよ。何怒ってんの?」

「……知らない」

「もしかして——『お前のコレ?』とか言われたの、いやだった?」

「……そうじゃ、ないけど」

「違うって答えたほうがよかった?」

「だから、そういうのじゃないけど……」きゅっと唇をかむと、かれんは言った。「ショーリってば、放してくれないんだもの」

「え?」

「手」

「いいじゃん、べつにそれくらい」

からね」

「よくない」と、かれんは強情《ごうじょう》に言い張った。「もしかして、あんなふうに抱き合ってるとこから見られてたかもしれないって思ったら、すっごく、すっごく恥ずかしかったんだからね」

「――ゴメン」

「だからこんなとこじゃダメだって言ったのに」

「そうだけど、じゃあどこでならいいんだよ」

「……………」

「――ゴメンナサイ」

ちゃんと頭をさげて謝ったのに、なかなか再び手をつなごうとしてくれない。

逃げまわるその手をようやくつかまえて、僕は彼女を半《なか》ば強引にキャンパスの奥へと引っぱっていった。ほとんどの人間は当然のことながらツリーとミサを目的に来ているようで、本館の下をくぐって向こう側へ抜けたとたん、ざわめきが嘘のように遠ざかった。

学食の前の自動販売機で〈あったか～い〉缶コーヒーとミルクティーを買い、中くらいの教室が並ぶ三号館や、ラウンジのある九号館を横目に見ながら、裏門へと続くまっすぐな並木道を歩いていく。そんなはずれのほうに一般の教室はほとんどないから、学生はふだんからあまり来ないようだが、突きあたりを折れたところに小さなバード・サンクチュアリがあるのを僕は知っていた。大小の木々が植えこまれ、すでにしっかりと根付いているおかげで森の中にいるように落ち着けるし、季節ごとに訪れる鳥たちを眺《なが》める楽しみもある。さすがにこの時間じゃ鳥はいないだろうけれど。

　夜のキャンパスを物珍しげに見まわしながら歩いていくうち、かれんのご機嫌はだんだん直ってきたらしい。

「疲れてないか？」

　と訊くと、

「ん、大丈夫」

　ふつうに顔をあげて答えてくれてホッとした。

　長い並木道を抜けてしまうと、人影はもうなかった。並んでベンチに腰をおろし、ミルクティーのほうをかれんに渡してやる。凝《こ》ったデザインの鉄柱の上にぽつんと点《とも》った外灯が、レンガ造りの建物や道を青白く照らしていて、まるでどこか異国の小さな路地に迷いこんだみたいだ。

「素敵。日本じゃないみたい」

と、かれんも同じことを言った。

「知ったのはほんの偶然だったんだけどさ。それ以来、一人になりたい時はわざわざここまで歩いてくるんだ。寝転がって昼寝したり、パンと牛乳持参で本読んだり」

「ほかの人は知らないの？　ここのこと」

「ほかの人って？」

「たとえばほら、さっきのお友達とか」

「さあな。俺は、部の仲間にもゼミの連中にも教えたことはないけど」

「誰にも？」

「うん。お前だけ」

かれんはくしゅっと微笑んで目を伏せ、熱いミルクティーに口をつけた。

外灯の明かりはほとんど届かないけれど、月が明るいおかげで表情はよくわかった。缶を持つかれんの指先も、頬も、吐く息も、何もかもが青白く浮かびあがっている。異国の路地どころか、誰かの夢の中に迷いこんだような気がしてくる。

「……あのさ」

彼女がミルクティーを全部飲んでしまうのを見届けてから、僕は言ってみた。

「ひとつ、訊いてもいいかな」

これまで一度も口に出さずにいたことを、何かに誘われるかのようについ切りだしてしまったのは、やっぱりこの月の光のせいなのかもしれない。

「もしもの話だけどさ。もしも俺が、鴨川へ行くのに反対して引き留めてたら――お前、どうしてた？」

驚いたように顔をあげたかれんが、僕を凝視《ぎょうし》する。

「……え？」

「あ、いや、誤解すんなよ。今さら引き留めようとか、そういうんじゃないし、行くって決めたことを責めてるわけでもないんだ。ただ、訊いてるだけ」

「………」

「どう思う？」

かれんはうつむいた。なかなか答えが返ってこない。

さらりと落ちかかった髪のかげを覗きこむと、唇が、何かを答えようとして答えられずにかすかに震えているのがわかった。

答えられずにいることが、要するに、彼女の答えなんだろう。

「——そっか」

　できるだけ普通に聞こえるように、僕は言った。

「そりゃそうだよな。うん」

「ショーリ……」

「ごめんな、ヤなこと訊いて」

　かれんが首を横にふる。

「何ていうかさ。ちゃんと納得しておきたかったんだ」

「……なっとく？」

「うん。こないだほら、向こうの家を掃除《そうじ》しに行った時にさ。丈のやつに言われたんだ。どうして姉貴を引き留めなかったのかって。見栄っぱりだってあきれられて、その時は、だってしょうがないじゃないかと思ってたけど……うん、やっぱ、一度は思いきって訊いてみてよかった。サンキュな」

「……何が？」

「これでやっと、はっきり思えるようになったからさ。『引き留めても行ったのなら、引き留めなくてよかったんだ』って。だから、サンキュ」

　またしても、答えが返ってこない。

　隣を見ると、かれんの眉根《まゆね》にはいつのまにか、悲痛なしわが寄っていた。

「えっ何」僕は慌てて言った。「そんな顔すんなよ。お前を責めてるとかじゃないんだってば、ほんとに。マジで」

　黙って僕を見て、それからまたうつむいたかれんの目から、いきなり、涙が一粒こぼれ落ちる。

「な、なんだよ。泣くほどのことじゃないだろ？　それとも何か俺、ほかにも悪いこと言った？」

　うろたえながら、どうしようもなくて肩を抱き寄せる。頭を抱えるようにして、ばかみたいに撫《な》でることしか思いつかない。むずかる綾乃《あやの》をあやす時みたいに、ただただ一生懸命に撫でて、ぽろりぽろりと静かに涙をこぼしながら洟《はな》をすすりあげる彼女の髪をそっと耳にかけてやる。

「なあ。泣くなって」

「……だって」

　たしかに、かれんからすればつらい質問だったのかもしれない。僕がいくら責めてるわ

けじゃないと言ったところで、彼女がそんなふうに感じてしまうのは無理のないことなのかもしれない。

「ごめんな、ヘンなこと訊いて」と僕は言った。「わざわざそんな答え言わせたって、楽になるのはこっちばっかりだったのにな。ほんとごめん」

ようやく涙の引っこみつつある彼女の頬をてのひらで拭《ぬぐ》ってやると、かれんは短くかぶりをふった。

「……たし、こそ」

「うん？」

「わたしこそ、ごめんね」

「なんでお前が謝るんだよ」

「ワガママだってことは、自分でもわかってるんだけど……いま鴨川へ行っとかないと、ぜったいあとで後悔するって思って、」

「うん、それは俺もわかってる。っていうか、お前のそれは、ワガママなんかじゃないよ。前にも言ったけど、いつまでもぐずぐずつまんないワガママ言ってるのはあくまでも俺のほうでさ」

かれんが前より激しくかぶりをふる。

「あ……のね、ショーリ」

「うん？」

口をつぐんでしまう。

「なに」

「……」

「言えって」

なおも何度か逡巡《しゅんじゅん》したあとで、かれんは消え入るような声で言った。

「……てて、くれる？」

「え、なに？」

とたんに彼女のうなじが、僕のてのひらの下でカッと熱くなった。

「待ってて、くれる？　私のこと」

うつむいているせいで顔は見えないけれど、見なくたってわかる。また耳の先の先まで赤くしているんだろう。

僕は、静かに息を吐いた。

熱でもあるかのように火照《ほて》っている彼女の首筋から、髪の中に手を入れて、ぐっと胸に抱き寄せる。

「わかりきったこと、訊くなよ」

「だっ……て」

「だって何」

「不安、なんだもの」

湊をすすり、ひたいを僕の肩のへんにあてて、かれんはつぶやいた。

「こういうのって、すごく……すごくすごく勝手な言い草だとは思うんだけど……ショーリ、一度も私に行くなって言ってくれなかったし」

「――はあ？」

思わず体を離して、まじまじ見てしまった。

「あ、ううん、わかってるの、ショーリが私のためにそうしてくれてるのはわかってるし、自分がばかなこと言ってるのもわかってるんだけど……でも、何ていうか、ただの一度もはっきり引き留めてもらえないのも、それはそれで何だか怖いっていうか……ちょっとだけ、ほんのちょっとだけ、疑っちゃうっていうか」

「疑うって何を」

つい詰問《きつもん》調になってしまった僕を、かれんは首をすくめて上目づかいにうかがった。

「だから――もしかして、ショーリのほうは、何が何でも引き留めたくなるほどの気持ちじゃないのかな、とか……私と遠くに離れちゃっても、案外平気なのかな、とか」

「……」

「あ、や、怒っちゃやだ」

眉尻の下がった情けない顔で、かれんは今夜僕にくれたばかりのセーターの袖を握りしめた。

「自分でも、ものすごく勝手なこと言ってるのはわかってるんだってば、ほんとに。でも、そりゃ『離れたって平気』っていうのは言い過ぎかもしれないけど、ほら、今すぐはともかくとしても、これから何年も私と離れてる間には、大学だけじゃなくてバイト先でもいっぱい可愛《かわい》い子と知り合うだろうし……もしかして、いつかその中の誰かがショーリのこと好きになったりするかもしれないし、ショーリのほうでも、す……好きになっちゃったり、しないとは限らないし。だとしても、仕方ないし」

「仕方ない？」あきれて訊き返す。「仕方ないの一言《ひとこと》で済んじまうわけ？」

「済んじゃうわけじゃ、ないけど——でも、人の気持ちばっかりはどうにもならないじゃない」

　丈の野郎と同じことを言う、と思ったとたん、

「それに、丈にだって、この前言われたもの」

「何て」

「ショーリは、ああ見えてわりとモテるからって。気をつけてないと横から誰かに取られちゃうよって、そんなような意味のこと」

「……………」

「べ、べつにあの、だからってショーリがすぐ浮気するとか、そんなふうには思ってないのよ。思ってないけど、でもこの先ずっと離ればなれになっちゃって……あ、えっと、それだって私が自分のワガママで勝手に決めたことなんだから、ほんとは何も言う資格なんかないんだけど……」

　必死に言葉をつなぐかれんの横で、僕は、こみあげてくる黒っぽい感情をなんとかして抑《おさ》えこもうとしていた。

　こいつはもしかして、こっちの気持ちなんか何にもわかっちゃいないんじゃないのか。

これまで俺が、どれほどの思いで言葉を呑《の》みこんできたか、全然わかっちゃいないんじゃないのか。

　腹の奥底のほうから、まるで粘土《ねんど》みたいな質量を持つ感情がふくれあがってくる。ついさっき彼女を泣かせてしまった時の後悔も、それと微妙に入り混じったあのいつまでも味わっていたいような甘酸《あまず》っぱさも、その粘土状の黒いものにじわじわと侵食され塗《ぬ》りつぶされていく。

「なんていうか、ほら、会いたくても会いたくても、どうしても会えない日が続くとするでしょ？　それとか、何かで悩んだりとか、悲しかったりとか……」

　一生懸命しゃべっているかれんを、僕は黙って見やった。怒りだか、苛立《いらだ》ちだか、それともこれも愛《いと》しさの一種なんだろうか——ものすごく腹立たしいのは確かなのに、言葉じゃない別の方法で彼女を黙らせてやりたくなる。

「そういうつらい時に、すぐそばに誰か可愛い子がいて優しくしてくれたら、ふーってそういう気持ちになっちゃうことだってないとは限らないっていうか……あ、でもあの、それってショーリだからどうこうっていう意味じゃなくてね、人間だったら誰だって、そうなっても無理ないかなあって思……あ、やっ！」

いきなり両肩をつかんで引き寄せ、嚙《か》みつくように唇を重ねた拍子に、ベンチの背もたれに背中をぶつけた彼女がうっと呻《うめ》いた。その息までも呑みこむように唇に嚙みつく。

〈何が何でも引き留めたくなるほどの気持ちじゃないのかな、とか〉

――ふざけんな。

〈遠くに離れちゃっても、案外平気なのかな、とか〉

――ふざけんなよ。

今までにだって、強引にキスをしたことならある。でも、ここまで乱暴なキスをしたのは初めてだった。これまでは何とかコントロールできていたはずの衝動が、とうてい抑えられない。ほとんど強姦《ごうかん》じゃないかと言われても仕方ないくらいの、あまりに強引で身勝手なキスだとわかっていても、途中でなんてやめられなかった。

細いあごをつかんで無理やり口を開けさせ、顔と顔をぶっ違いにすると、

「んっ……」くぐもった声が僕の口の中で響く。「やっ……ショ、んんっ……」

かれんの体からとうとうカクンと力が抜ける。片腕を腰に回し、抱きかかえるようにしてなおも深く唇を結びあわせる。好きで好きで好きで、頭に血がのぼっている今でさえ愛しくて、焦《こ》がれるほど惚《ほ》れぬいて、この世の誰より大切な相手だというのに――それだけ

はほんとうに間違いないのに、どうして愛しさを突き詰めるとこんな凶暴な気持ちになってしまうんだか、自分で自分がわからない。彼女が僕の胸に腕をつっぱり、この期《ご》に及んでまだ弱々しく抗《あらが》うそぶりを見せるたびに、もっと無茶をして泣かせてやりたくなる。いっそのこと何もかもめちゃくちゃにして、こなごなに壊してやりたくなる。

やがて、息が続かなくなって唇を離すと、僕は、体が斜めになるくらいまでベンチにくずおれたかれんの頭を両手でひっつかみ、髪に指を絡ませて動けなくした。

「——怒っちゃやだ、って?」

「ショ……」

「俺も、たいがい気の長いほうだと思うけどな。その俺でも、さっきみたいのはさすがに頭にくんぞ」

「ご……ごめ、なさ、」

まるで見知らぬ男におびえるようなまなざしで、かれんが僕を見あげてくる。月明かりにも目が潤《うる》んでいるのが見て取れたが、それがキスのせいなのか、今にも泣きだしそうなためかはわからなかった。

「長く離れてりゃ、他のやつを好きになっても仕方ないって？　人間なら誰だって、そう

なんのは無理ないって？　じゃあ、自分はどうなんだよ。おんなじことがお前にだって言えるんじゃないのかよ」

「そ、そんなこと、」

「ないってどうして言いきれる？」

かれんが、自由を奪《うば》われた頭を必死にふろうとする。

「あんまり情けないから、ずっと言うの我慢してたけどな。お前がたった今言ったようなことは、ほんとは全部、俺がこれまでさんざ気にしてたことなんだよ。俺なんか学生で気楽な身分だけど、お前のほうはこれからきっとつらい思いだってする。いくら自分の夢を叶《かな》えるったって、いい時ばっかりなわけはない、それこそ悩むこともあればつらいことだってあるにきまってんのに、俺はこれまでみたいにそばにいてやれないんだよ。いくら駆けつけてやりたくたって、すぐには無理なんだよ。そんな行き違いが何度も積み重なってくうちに、誰か近くにいてちゃんと支えてくれる誰かに、何かの拍子でお前が惹《ひ》かれていったとしたって……」

かれんが泣きじゃくりながら首をふり続けるのをぐっと押さえつけて、僕は続けた。

「そうだとしたって、それさえもこっちにはわかんないんだ。気がついた時にはもう手遅れかもしれない。近くにいれば少しは挽回《ばんかい》するチャンスだってあるんだろうに、離れてるせいでお前の変化に気がつかないままかもしれない。そうやってボヤボヤしてるうちに、お前はいつのまにかそいつのものになっちまってるかもしれない、あの山ん中の家で、俺みたいにはグズじゃないそいつにさっさと抱かれながら、ああどうしよう、ショーリには何て言って別れてもらおう、なんて考えてるかもしれない。そういうこといちいち想像するたびに、俺が不安にならないとでも思ってんのかよ。え？」

もはや首をふるだけの気力さえもなくしたように、かれんが目をつぶってしゃくりあげる。

僕は、ひとつ苦しい深呼吸をしてから、彼女の頭を放した。硬くこわばってしまった指に髪がからまって引きつれ、かれんがまた小さく悲鳴をもらす。

静まりかえった鳥たちの聖域に、ひっく、ひいいっく、という子どもみたいな泣き声が響いては、暗闇《くらやみ》にしみこんでいく。

――彼女もそうだが、僕自身、ようやくいくらかまともに息ができるようになるまでどれだけかかっただろう。

膝《ひざ》の上で握りしめていた手を、ゆっくり開いたり閉じたりしてみる。

その手を、そっと隣へのばすと、かれんがびくっとなった。僕にのしかかられたせいでほとんどベンチに横たわってしまっていた彼女の腕をつかみ、引き起こしてまっすぐに座らせてやる。

「──ほんとは、俺だってさ」

なんとか穏《おだ》やかにしゃべろうとすると、地を這《は》うような低い声になってしまった。

「お前と離れんの、めちゃめちゃ怖いよ」

「………」

「引き留めてもいいんなら、最初っから引き留めてたよ」

「………」

「今だって、本音じゃ行かせたくなんかないよ。けど──しょうがないじゃないか。無理にでも信じて、行かせてやる以外ないじゃないかよ」

「……ショ……リ……」

「前にも言ったけど、俺だってお前の足を引っぱりたいわけじゃないんだ。それどころか、何とかしてお前に追いつきたいと思ってるんだ。なのに──」

思わず、舌打ちがもれた。

「ちきしょう。なんで俺、グチャグチャこんなこと言ってんだろ。足引っぱりたくないとか言っといて、いちいちお前に愚痴並べてたんじゃ全然意味ないじゃんかなあ。……ったく、みっともねえ」

寒空の下、かれんの頬を、またしてもあふれた涙が幾《いく》すじも伝い落ちていく。

こぼれる先から冷えていくそれを見ていたら、今ごろになってだんだん正気が戻ってきた。罪悪感がじわじわとこみあげ、自分がひどいひとでなしに思えてくる。こいつはただ、自分の気持ちを正直に言ってくれただけだったのに。そうして僕のほうは、絶対にこんな生のままの気持ちをぶつけるつもりじゃなかったのに。

いったいどこでどう間違えてこんなことになってしまったんだろう。ほんのちょっとした不安から彼女が口にした言葉にあれほど頭にくるなんて――本当ならいつもみたいに抱き寄せて、抱きとめて、

(ばかだな、心配するなよ)

(離れたって絶対大丈夫だよ)

(いつだって会いに行くよ)

優しい言葉を並べて安心させてやればよかっただけの話じゃないのか。ものすごくシン

プルで簡単な話だったはずじゃないのか。

でも、一方で――今から同じところに戻ってやり直したとしても、実際にはそうシンプルにも簡単にもいかないだろうということもわかっていた。

なぜなら僕は、かれんの甘えを許せなかったわけではないからだ。彼女の言葉にあれほど頭にきたのは、僕が必死になって呑みこんできた本音、抑えつけてきた葛藤《かっとう》の数々を、彼女がひとつも理解してくれていないように思えたからだ。そればかりか、軽い言い方ではあったにせよ、逆にそれを咎《とが》めるようなことを言われたからだ。

苦いため息がもれた。

我ながら、つくづく勝手なものだと思う。理解してくれていないも何も、そんなふうなみっともないあれこれを、彼女にだけは決して見せないように見栄を張り続けてきたのは他でもない僕自身だったじゃないか。

表通りの車の音が、かすかに聞こえてくる。

時計を覗くと、もう十時をまわっていた。

いつのまにか地面に落ちてしまっていたかれんのバッグを拾いあげ、土を払って、そっと隣に差しだす。

「ごめん」と、僕は言った。「――どうかしてた」

かれんは黙ってバッグを受け取ると、もそもそと中からティッシュを取りだして、顔をぬぐった。ぷしゅ、と洟をかむ。もう一度、ぷしゅ。

「……言わせちゃったのは、私だもの」

と、かれんはつぶやいた。

声が少しかすれてしまっていた。

「ほんとうは、ね。ショーリが、ものすごく、ものすごくいろいろ考えてくれてることくらい、私にもわかってるの」

僕は、黙っていた。

「ほんとだったら言いたいことも言わないで、うんと我慢してくれたりとか。私の気持ちの負担にならないように、会うときは明るくふるまってくれたり、笑ってみせてくれたり、それどころか、協力して応援もしてくれたりとか――ほんとに、いろいろ」

「………」

「でもね。やっぱり、時にはちゃんと、口に出して言ってほしいこともあって……」

「……うん」

「勝手だけど、ほんとうのことを言葉にしてくれないと、不安になっちゃうこともたくさんあるの。ショーリが私に見せてくれる顔のどれを信じていいのか、わからなくなってきちゃったりして」

「……うん」

「でも、こんなふうに言ったからって勘違《かんちが》いしないでね。私は、耳に気持ちいいことだけを聞きたいわけじゃないの。今だって、ショーリのほんとの気持ちが聞きたかったの。ふだんは私を思いやって絶対言おうとしてくれない、掛け値なしの、ほんとの気持ち」

「おかげで、全部白状させられたよ」

　後悔に少しだけ皮肉を混ぜて言ってやったのだが、

「……ん。さっきのでやっと、ちゃんと聞けた気がする」

かれんは、くしゃっと顔をゆがめるようにして微笑んだ。まだちょっと、泣き顔のほうに近かった。

「今まではね。それが聞けなかったから、不安でしょうがなかった。ショーリが優しくしてくれればくれるだけ、よけいに怖くなるっていうか。二人でいる時はまだいいんだけど、あとで一人になってから、ぐるぐる考えちゃうの。私と付き合うことで、ショーリは無理ばっかりしてるんじゃないのかって。ほんとは言いたいことだっていっぱいあるにきまってるのに、こんなふうに本心を隠して、そのうちにそうしてることに疲れちゃって、いつかショーリが離れていっちゃうんじゃないか……誰かもっと、一緒にいて楽なひとのところへ行っちゃうんじゃないか、って。もしかしてショーリのためにはそのほうが幸せなんじゃないかな、なんてね……」

言葉の終わりが、またちょっと涙声になる。

「……ばかじゃねえの」

と僕は言った。

「ん、自分でもそうは思うけど――」

すん、と洟をすすって、困ったような照れ笑いを浮かべ、かれんは丸まったティッシュで鼻の下を押さえた。

「でも、前にも言ったでしょ？　支えてもらってるばっかりじゃつらいんだって。時にはショーリのほうからも頼ってほしいっていうか……私じゃ頼りになんてならないかもしれないけど、悩んでることとか、いろいろ打ち明けたりしてほしいんだって。覚えてる？」

もちろん覚えている。忘れられるわけがない。

「見栄っぱりのショーリも、悪くはないけど……」

「おい」

「時々は、そういうの抜きで、ほんとのショーリを見せてほしいの」

「……うん」

「だって、お互いに弱いところもみっともないところも見せられなかったら、ずっと一緒にいることなんてできっこないじゃない？」

「……うん」

「それに、ただ優しくされてるよりも、そのほうが私、安心する」

「……うん」

「ねえ」

「うん？」

「さっきから、うんばっかりなんだけど」

「……うん」

「もうっ」

焦れたようなかれんの口調に、僕もちょっとだけ笑った。

「けどさ。お前の言う、ほんとの俺って、けっこう怒りっぽくて嫉妬《しっと》深くて、すっごいヤな奴《やつ》かもしんねえぞ」

「そんなの、前から知ってるもの」と、かれんは口を尖《とが》らせた。「ショーリって、もともとすっごいヤキモチ焼きだし、わりとつまんないことですぐ怒るわよ？　たいてい自分じゃ『怒ってない』って言い張るけど」

――ぐうの音も出ない。

「でも、それでもかまわないから、ちゃんとそういうところも全部見せて」

「さっきみたいに感情任せに怒鳴ったりしてもいいのかよ」

「あれは……ほんと言うとちょっと怖かったけど」かれんはもごもご言った。「でも、それがショーリの本音だったら、それでもいいから」

「ふうん」と、僕は言った。「本音ですることだったら、何でもいいんだ？」

「何でもって？」

「あんなふうに、乱暴にキスして押し倒すのとかさ」

「そっ、それとこれとはっ……」

「うそだよ、ばぁか」

*

長いあいだ寒いところに座っていたせいで、すっかり冷えきってしまったかれんの手を引いて、クリスマス・ツリーのもとへ戻った頃にはもうすぐ十一時になろうとしていた。ミサはとっくに終わり、あたりの人影もだいぶまばらになっている。

そろそろ帰らないと、終電がなくなってしまう。

かれんを帰したくないのはやまやまだけれど、よりによってクリスマス・イヴなんていうあまりにもベタな夜に彼女が外泊したら、花村家が上を下への大騒ぎになることは目に見えている。

さっきまでこのあたりにいたカップルの少なくとも半分くらいは、今ごろケンタでチキンでも買って二人きりの時間を過ごしているんだろうな——そう思うと、かれんと離れることがひどくせつなかった。あさってくらいからしばらくは電話でしか話せなくなることがわかっているから、何だかよけいにせつなかった。

ツリーの下から見あげると、風に揺れる枝々の間から覗く電球の一つひとつがチカチカとまたたいてみえた。いつもならとっくに消えている時間なのに、今夜は遅くまで灯しておくらしい。

　つないでいたかれんの手をそっと持ちあげて、目の前で上向きにひろげてやる。

「……え、なに？」

　戸惑《とまど》うかれんのてのひらに、僕は、ポケットから出したものをのせた。水色のビロードでできた、小さな巾着袋《きんちゃくぶくろ》だった。

「遅くなったけど、プレゼント」

「………」

「もしかして、忘れてた？」

「……っていうか……」

「ん？」

「ツリーを見せてくれたことがそうなのかと……」

「は？」

「それでショーリ、『後でもいいか』って言ったのかと思ってた」

「マジで？　このツリーがプレゼントだって？」

　まだ腫《は》れぼったい目をみはって、かれんがぎこちなくうなずく。どうやら本当にそう思

いこんでいたらしい。

その頭をくしゃくしゃと撫でて、

「お前、人のことよっぽど貧乏だと思ってるだろ」と僕は言った。「開けてみな。先にことわっとくけど、すっごい小さいぞ」

「そりゃ、このツリーに比べれば何でもそうよ」

くすくす笑いながら袋の口ひもをほどいて、かれんの細い指が、薄紙に包んであったものを取りだす。

「あ……」

あやとりの糸みたいにそっと指にかけて、かれんはそれを目よりも高くかかげた。

細い鎖《くさり》の真ん中に一粒の石があしらわれた、華奢《きゃしゃ》なネックレス。

「まあ、小さいけど一応、ほんもののダイヤっす」

と僕は言った。ふざけた口調は、言わずとしれた照れ隠しだった。店員が用意しようとしたいかにもそれっぽいギフトボックスを断って、わざわざこんなさりげない布袋に入れてもらったのも同じ理由からだ。

さっきから無言のままのかれんの手から、鎖をそっと取って金具をはずし、後ろにまわって首にかけてやる。

　じつをいうと、当初の予定では、さっきのベンチあたりで渡すつもりだった。人目のあるレストランとかじゃなく二人きりになれるところで彼女にそれを渡し、あわよくばこれまでにないくらいイイ雰囲気になれたらな、というささやかなスケベ心が、なぜか結局ああいうことになってしまったわけだけれど。

　でも、かえってここで渡せてよかったのかもしれない。ツリーのイルミネーションに照らされたダイヤは、ゴマ粒みたいな小ささのくせに、かれんの喉《のど》もとできらきらとよく光った。まるで、キリストが生まれた夜に東方の博士や羊飼いたちを導いたという星みたいだった。

　なにしろ小さなものだから、そんなに高価というわけではなかったけれど、僕はとにもかくにもかれんに何か本物を贈りたかった。春から離ればなれになってしまう彼女に、この先もずっと長く大事にしてもらえるようなものを贈りたかったのだ。

「アクセサリーとかはほら、ホームの仕事中は危なくてダメなんだって言ってたろ？　だから、休みの日だけでいいからさ。それ、してて」

　指先でそっと石に触れたかれんが、ひどく幼い仕草でこくんとうなずく。

「それとさ。春になってほんとに離れてからも、会いたくなったら、我慢なんかしないで電話してよ。そんなの迷惑かも、とか思わないでさ。ぜったい迷惑なんかじゃないから。呼ばれたら、できるだけ早く時間作って会いに行くから」

今度はすぐにはうなずいてくれない彼女を、さっきのミサの時みたいに後ろから抱きかかえ、僕は仕方なく、いつもならまず言わない言葉を付け加えた。

「それって正直、お前のためじゃなくてさ。俺のほうが会いたいわけ。お前のことずっと待っててやれる自信はあるけど、長く会わないでいる自信は全然ないから」

「……………」

「けど、お前は毎日、ハードな仕事と国家試験の勉強の両方で大変なわけで、俺としてはやっぱ、邪魔しちゃ悪いかな、とか思っちゃうじゃん。こういう時にちゃんと我慢してやるのが男だろうとか、すぐまた見栄張りたくなっちまうにきまってるからさ。だから、なるべくお前のほうから俺に、堂々と会いに行ける口実作ってくれないかな。俺、そういうふうに甘えてもらうの、すっげ好きだし」

「……………」

「な？　つまり、そういうこと」

おわかり？　と訊くと、かれんはようやくうなずいてくれた。

「……ショーリ」

「うん？」

「ありがとね」

「何が」

「プレゼントももちろんだけど——そうやって、ちゃんと言葉にしようとしてくれて」

この夜もう何度目かで、僕はきつく彼女の体を抱きしめ、耳に頬を押しあてた。あまりの冷たさにびっくりして、もう片方の側も温めてやる。

「ねえ、知ってる？」と、かれんがささやいた。「ダイヤモンドって、宝石の中でも最強のお守りなんだって」

「へえ」

「でもね。私、もっとすごいお守り持ってる」

「ふうん、そうなんだ？」

「ん」急に、かれんの口調がいたずらっぽくなる。「もう、すっっっごいお守り」

「なに、それってやっぱ石か何か？」

「ううん」

かれんは体にまわされていた腕をほどき、ふいっと僕から離れて言った。

「ショーリ」

呼ばれたのかと思って「ん?」と返事をすると、

「そうじゃなくて。――ショーリ」

「………」

意味がわかったとたん、心臓が、ばくんっと跳《は》ねた。

一気に頬にまで血がのぼり、ドッドッと耳が脈打ち始める。

べつに衝撃の愛の告白というわけでも、とくにロマンチックな言葉だったわけでもないのに、まるでネズミ花火みたいにぱんぱん爆《は》ぜながらそのへんを駆け回りたい衝動がつきあげてきて、必死にこらえる。

(ったく……不意打ち、なんだもんなあ……)

二人きりでいる時はろくに嬉しい言葉なんかくれないくせに、何だっていきなり、こんな正門の真ん前なんかで……。思いっきりキスしたくたって、さすがにここじゃできやしない。

「あ。それと、もうひとつあった」

「な、なんだよ」

たじたじとなっている僕を見て、かれんはクスッと口元をゆるめ、まばゆいばかりのツリーを見あげて目を閉じた。伸びあがるようにつま先立って息を吸いこみ、ゆっくりと目を開ける。

「もうひとつはね──ショーリへの、私の気持ち」

ここまでくるともう、口もきけないでいる僕をくるりとふり返って、かれんはそれこそ星が瞬《またた》くようにあざやかに微笑んだ。

「それが、私にとっての最強のお守り」


そう──言葉は、気持ちには追いつけない。

けれど、たとえ追いつけないとわかっていても、それでも言葉にしなければ伝わらないことはあるのだろう。

もしかしたらほんの時々は奇跡が起こって、言葉以上のものが相手に届くことだってあるかもしれない。だからこそ僕らは、大事な人からの言葉を、祈るように待ち望むのかもしれない。

ほんの時々ではあるけれど、たしかに起こる奇跡。そんなふうに——
僕のいちばん聞きたい言葉は、いつだってふいに、彼女の唇からこぼれだす。

今年も、どうにかいつもと同じ季節に新刊をお届けすることができました。

例年なら夏ごろから始まるHP連載が、今回は秋口から始まったぶん、一回の掲載量を多くしてもらって、何とかこうして間に合ったわけです。……ホッ。

ちなみに、どうして連載開始が遅れたかといえば、私が夏じゅう『天使の梯子』に取り組んでいたせいだったのでした。十年ほど前に出たデビュー作『天使の卵《エンジェルス・エッグ》』から、ちょうど十年後の物語。現実の時間だけでなく、小説の中でも同じだけの歳月が流れている〈続編〉は、わりと珍しい例かもしれません。

読んで下さった方はおわかりの通り、『梯子』の中の〈歩太《あゆた》〉と〈夏姫《なつき》〉は、いまだに十年前の傷から完全に立ち直れてはいません。ここでもし、「そんなに前の後悔をずーっと引きずっているヤツなんかいるわけないじゃん」と思う人がいるとしたらそれは、幸か不幸か、そういう苦しさを経験してこなかった人の考え方じゃないかなあ、と思います。

人は、そんなに簡単には変われないものです。

でも、だからといって、絶対に変われないわけじゃない。

そんなふうな、生き続けていくことの代償としての痛みと、真摯《しんし》にそしてシンプルに向き合いたくて、あえて書きあげた〈続編〉だったのでした。

POSTSCRIPT

今回のこの『聞きたい言葉』の中でも、かれんの身辺、及びかれん自身の生きる道が、大きく変わりましたよね。ようやく一つの山を越えて、彼女は自分の夢を追いかけて転職することになったわけですが……。

じつを言うと、私もかつては仕事を転々としていたものでした。どれくらいかって言うと、ほとんど「転職のプロと呼んで下さい」ってくらい（笑）。

今でこそ会社を変わるなんてべつに珍しくもない時代になったけれど、あの頃は転職＝マイナスイメージでしかなくて、だから世間の風当たりもけっこうきつかったものです。いや、今だって本質的には変わってないのかな。若い世代はともかく、親世代はまだまだ終身雇用の幻想（つまり会社にさえいれば一生面倒見てくれて安心という幻想）から抜けだしきれずに、「せっかく勤めた会社を辞《や》めるなんて何考えてるんだ！」とか、「就職もせずにフリーターなんてもってのほかだ！」って目を吊りあげがちですもんね。

でも、〈石の上にも三年〉を頭から否定するわけじゃないけど、それだって中身によるわけで、いくら本人が真面目に勤めたって、それを裏切るかのごとく人を人とも思わないほどのノルマを課せられたり、あるいは立場的に逆らいにくいのをいいことにサービス残業（つまりタダ働きってこと）ばかりさせられたり……そんなふうに、弱い立場の者から搾取《さくしゅ》するばかりの会社のやり方にどうしても納得いかない場合でさえ、無理やり自分を抑えつけて勤め続けなくちゃいけないかといえば、それは違うだろうと思うんです。「仕事は収入を得るための手段、楽しみは他で見つけるさ」と割り切れるんだったらともかく、仕事にもやりがいを見いだしたいなら、あるいは他にもっとやりたいことが見つかったなら、転職って全然悪いことじゃないはずですよね。

ただし——かれんが働くホームの園長先生の言葉ではないけれど、誰にでもいろんな事情がめぐってくるものです。せっかく飛びこんだからといって、その夢を実現できるとは限らないし、つらくても自分で見切りをつけなくちゃならない時だってある。

今だから冷静にふり返ることもできるけど、私自身、ずいぶん悩んだ時がありました。

子どもの頃から物書きになりたくて、大人になってからその夢にまた火がついて……いくつめかの仕事をまたしても辞めたあと、再就職もせずに部屋にこもって机に向かうばかりの私を、ポジティヴに理解しようとしてくれる人はほとんどいませんでした。初めて大きな賞に応募した長編小説が、最終候補のひとつ前の八編にまでは残っていたことがわかって、嬉しくてその掲載ページを見せた時だって、たとえばこんなふうに言われるだけでした。

「ほら、やっぱり落ちた。世の中そんなに甘くはないんだよ。小説家になるだなんて夢みたいなこと言ってないで、少しは現実を見ないとね」

もちろん、私を心配して言ってくれているには違いないのだけれど、それでもけっこう傷ついたなあ……いまだにこうして覚えてるくらいにはね（苦笑）。

POSTSCRIPT

と同時に、このとき私はあらためて思い知ったのでした。そうか、「作家になる」というのは、私にとっては昔からいつか実現すべき〈夢〉だったけど、はたから見れば単なる〈夢みたいなこと〉に過ぎないんだなあ、って。

　身近な人から自分の夢を頭ごなしに否定されるのがどうしてつらいかといえば、要するに、「この人は私をまったく信じてないんだな」と感じてしまうからなんでしょう。

　とはいえ実際、それから後もいろんな小説賞に応募しては落ちて、でも毎回それなりの所まではいくものだからなおさらあきらめがつかなくて、時には――時にはどころじゃないな、しょっちゅう――これが果たして実現可能な〈夢〉なのか、それともただの〈夢みたいなこと〉なのか、自分でもわからなくなって、不安で不安でたまらなかったものです。いつか日の目を見る時がくるとわかっていればいくらでも頑張れるけど、何ひとつ保証はないんだものね。同い年の友人たちは最初に勤めた会社で着実にキャリアを積んでいって、中にはとっくに子どもを産んで育てている人もいる。なのに私はいまだにプー太郎の宙ぶらりんで、このまま万年「作家志望」のまま終わるのかもしれないと思ったら、ひりひりと苦しくて、うまく眠れなくなったりもしました。

　それでもやっぱりあきらめ（られ）なかったのは、うーん、どうしてだったんだろうな。好きだという思いだけで続けられることでもなかったし、まわりへの意地や反骨精神だけで頑張れるほどの強さなんか元々なかったし、なのに放り出さずにいられたのは……妙な言い方だけれど、たぶん、〈自分自身への友情〉みたいなものだった気がする。ほら、よく熱血ドラマなんかであるでしょう。「この世の誰一人おまえを信じなくても、オレだけは信じてるからな！」みたいな。……ああいう感じ？（笑）

誤解しないでほしいのだけれど、これは決して、「あきらめさえしなければ夢はきっと叶《かな》う」なんてことを言おうとしてるわけじゃないんです。逆に、そういう無責任な嘘を大人たちが安易に口にしたりするから、それを刷りこまれて育った若い人たちが、自分の夢が叶わなかった時に大きすぎる挫折感を味わっちゃうんじゃないかと思ってるくらい。実際には世の中、叶わない夢のほうがずっと多いのにね。

だから私は、むやみに「夢をあきらめないで」とは言いません。ただ、ここぞという時には、「誰が信じなくても自分は自分を信じてやる」と思い定める強さも、必要なんじゃないかな、とは思っています。その〈ここぞという時〉がいつであるかは、自分で判断する以外ないのだけれど。

人は、誰しもそうやって、どうしてもあきらめられないことならばあきらめられないまま追いかけていっていいのだし、もし途中で何かをあきらめることになったとしても、それを負い目に感じたり、自分を負け犬だと卑下したりする必要はまったくないんです。

「そんなセリフはお前が夢を実現して作家になったから言えることだろう」と言われてしまえばそれまでだけれど、私にだって、ほかにも泣きたい思いであきらめてきた

POSTSCRIPT

こと（や物や人）があるわけで。

　結局のところ、あきらめた夢というのは、要するにあきらめられる夢だったってことなんだ、というふうに気持ちを切り替えて、次の目的地を目指せば（見つければ）いいんじゃないかなあ——というか、そうするしかないよなあと、今では思うようになりました。あきらめたからといって、それまでのすべてが無駄になるわけではないし、無駄にしないような生き方を選べばいいんだしね。

　なあんて、なんだか偉そうなことを言っているようだけど、こういうふうに思えるようになったのは、何も私がいくらか年を重ねたからというわけじゃないです。

　それが証拠に、前に高校生の男の子からもらった手紙は、逆に私の気持ちを大いに力づけてくれました。彼は、あるどうしようもない事情から長年の夢をあきらめることを自ら決意した上で、最後にこんなふうに書いてきてくれたのでした。

「それでも、僕はその夢を追いかけてきたことを後悔してません。夢というのは、心の底から願った時には、もう半分以上かなったも同じもののような気がします」

——ね？　素敵な言葉だと思いませんか？

二〇〇五年　山笑う鴨川より、愛をこめて

村山由佳

■初出

AGAINST ALL ODDS
集英社WEB INFORMATION
「村山由佳公式サイト COFFEE BREAK」2004年10月～2005年4月

本単行本は、上記の初出作品に、著者が加筆・訂正したものです。

おいしいコーヒーのいれ方 IX

聞きたい言葉

2005年5月31日　第1刷発行

著　者◉村山由佳　志田光郷
編　集◉株式会社 集英社インターナショナル
〒101-8050　東京都千代田区一ツ橋2-5-10
TEL　03-5211-2632(代)
装　丁◉亀谷哲也
発行者◉堀内丸恵
発行所◉株式会社 集英社
〒101-8050　東京都千代田区一ツ橋2-5-10
TEL　03-3230-6297(編集部)　3230-6393(販売部)　3230-6080(制作部)
印刷所◉大日本印刷株式会社

ISBN4-08-703155-1 C0093